三國笑史

瀟灑哥周瑜風雲鬥！ 6

林明鋒★編繪

五南圖書出版公司 印行

作者簡介

林明鋒

專職漫畫家，擅長歷史人物繪圖，百分百的「三國控」，對三國歷史和人物性格相當著迷，多次繪著成書籍出版，腦海裡裝的是三國，心裡想的是三國，筆下化成文字是三國，揮灑成圖像的也是三國！三國裡的人物可以是英雄式的演出，可以是耍智謀的出招，也可以笑中帶淚的飆戲……這就是他眼中的三國魅力！

代表作品：《蜀雲藏龍記》、《雲州大儒俠》、《洪蝠齊天》、《笑三國》

得獎紀錄：

一九九二年東立出版社漫畫新人獎、一九九五年（84年度）國立編譯館優良漫畫獎：甲類佳作（蜀雲藏龍記的第三部）、二〇〇一年（90年度）國立編譯館優良漫畫獎：甲類佳作（雲州大儒俠史豔文），作品收藏在雲林偶戲博物館。

推荐序

那些狠角色們……

《三國演義》的作者羅貫中在這部大書的開場中，說出了一句透視中國歷史的話：「天下大勢，合久必分，分久必合。」此言之所以顛撲不破，其間最主要的原因在於中國社會對「人才」的渴求。每到政治瀕臨崩解的危急存亡之秋，總有非常之人挺身而出，以捨我其誰的精神撥亂反治。所謂「江山代有才人出」，短短一段不滿百年的三國時期，秀異人才輩出！諸葛亮、龐統在未出仕之前，已經名動天下！而曹操也對劉備直言：「天下英雄，唯使君與操耳。」

在三國分疆的時代，得人者昌。而這些一時之選的人傑，總是在不斷地對立衝突的軍事與外交情勢之下，彼此激發出了充滿智慧的韜略，諸葛亮曾讚賞曹操善用奇兵突襲，他打仗是以智取，諸葛亮本人則更是當世奇才！孔明之用兵，止如山，進退如風。這些互相敵對的人才，也都是可敬的對手！同時也在千百年以下讀者的心目中，留下了許許多多深刻雋永、幽默風趣的精彩片段。

《三國笑史》系列就是在這樣的基礎上，進一步揉合了經典文學與爆笑漫畫，那些充滿知性又兼具趣味的對白，再加上KUSO的繽紛插圖，使得沙場上馳騁驍勇的戰將們，個個轉身成為口語化的性格主角，將讀者帶進了輕鬆易懂的故事情境。從白馬將軍公孫瓚、聯軍盟主袁紹、一代影后貂蟬、賣鞋郎劉備……等等輪番上陣的三國名人背後，透視古人的文武裝扮、生活用品、科學技術，甚至於戀愛美學。我們在漫畫家林明鋒的筆下，穿越時空，一睹當時最夯的武器、最酷的盔甲、最賣的暢銷書、最拉風的跑車……。原來閱讀古典文學是這麼令人興奮的一件事！

理解三國時期各種人物的性格與命運時，同時也是一場非常有趣的心智冒險經歷！熱愛三國故事的人們絕不會忘了那些悲劇性的時刻：董卓殺少帝、屠百姓、盜墓燒城，喪心病狂！他死後屍體被用來燃燈照明，其棺木又遭雷電劈打！而袁紹在當上盟主之後，自大疑心、輕信讒言，與自家人爭奪不休，最後竟落得吐血身亡！老來出運的賣鞋郎劉備，為了替關羽和張飛報仇，竟一時之間感情用事，傾全國之兵討伐東吳，不僅血海深仇未報，反而被陸遜一把順風火，燒得全軍大敗！這都是我們現代人可引為警惕的事。

然而當我們想要融入這些具體情境的時候，地理方位和空間概念的建構，又成為我們最初的課題。這個部分《三國笑史》以生動有趣的漫畫，連環組成了一系列簡潔清晰的漫畫式地圖，讓我們毫無障礙地穿越時空回到古戰場，具體感受這些叱吒風雲的狠角色們，如何在幽州、冀州、并州、青州、徐州……之間，笑傲沙場，轉戰千里。

走過一段風雲變幻的歷史歲月，遙想當年那些蓋世英雄，每一個人都有屬於他自己的豪情壯舉，關公斬華雄、顏良，誅文醜，過五關斬六將，單刀赴會，水淹七軍……，卻也躲不過天生性格的弱點，麥城一敗，喪失了性命和自尊，歸根結柢還在於過度的自信與自矜。而周瑜的抗壓性弱，張飛的猛暴與固執，呂布善變，袁紹多疑，曹操輕敵……，閱讀這些精彩故事的時候，腦海中自然浮現出一幕幕生動的畫面和深刻的意象，那將使我們在經典中逐漸的潛移默化，知所警惕。於是我們將逐漸開啓智慧、激發腦力和創意，以吸取古人生命的熱力來點亮自己未來無限的光輝。

朱嘉雯

二〇一四年十二月十四日

我預先將劉琦軍隊布局在江夏，戰況危急時，發揮了及時救援的功能。
諸葛孔明
我出動江夏水軍前往漢津，接應劉皇叔的軍隊。
劉琦
夏口
江夏
三江口
樊口
我預測曹操奪取荊州後，下個目標是江東，我到江夏要與劉備軍商議，結成聯盟一同抗拒曹軍。
魯肅
江東
赤壁
柴桑

劉備敗走漢津撤軍地圖
荊州
樊城
新野
曹軍追兵進攻路線
襄陽城
劉軍撤兵逃亡路線
長阪坡
長阪橋
當陽
漢津
漢水
曹操
我不費一兵一卒接收襄陽城占領荊州。江陵是軍事重鎮，絕不能讓劉備搶先一步奪下此城，我親率大軍急行百里追擊，要將劉軍一網打盡。
曹劉兩軍激戰火拚
劉琦水軍接應路線
我原想奪下江陵與曹操長期對抗，但曹軍在後追殺緊迫，我只好改變撤軍路線，逃往漢津，渡河到夏口。
江陵
劉備
華容
烏林
張飛
關羽

三國人物點名

劉琮

荊州刺史劉表的次子，劉表死後，在母親蔡氏和舅舅蔡瑁強勢主導下，成了繼承人。投降曹操後，不但沒有保命，反而被追殺。

于禁

在曹營中以嚴格帶兵出名，誰敢違法亂紀，都難逃懲罰。關羽攻樊城，他前往救援卻遭俘虜。過了幾年，曹操死了，于禁被送回魏國，魏文帝曹丕派他去看管曹操墳墓，晚景淒涼。

劉琦

劉表的大兒子，長相酷似父親，很受疼愛。沒有母親保護的他，像「灰姑娘」男子版，繼母蔡氏一心想除掉他。劉琦爲了躲避殺身之禍，聽從孔明建議，到江夏任太守。劉表死後，他被奪去政權，連父親臨終都見不到一面。

趙雲

趙雲字子龍，劉備的愛將。他曾冒著危險，七進七出長阪坡，救出甘夫人和少主阿斗，博得美名。趙子龍外型英俊高大，嚴以律己，不與同僚爭利，不貪錢不貪色，一生驍勇善戰。

孔明

也叫諸葛亮、諸葛孔明，離開臥龍岡後，協助劉備打天下。他先在「博望坡之役」贏了首戰秀，接下來，又以超能力的預測，完美地會合兵力，擊退曹操。孔明以神乎奇技的作戰法，折服眾人。

魯肅

東漢末年的戰略家，受周瑜引荐而效命孫權。在魯肅的操盤下，赤壁之戰以少勝多，鞏固了江東政權。周瑜死後，由他掌管軍事，深受倚賴。魯肅是集IQ、EQ、AQ（逆境智商）於一身的厲害角色，與孔明相比絲毫不遜色。

孫權

十九歲那年，他的兄長孫策撒手人寰，由他接掌江東政權。西元二二二年，孫權建立吳國，自稱吳王，七年後稱帝，史稱東吳，與蜀漢、曹魏形成三國鼎立局面。孫權雖然最晚稱帝，然而掌政的時間最久，長達五十二年。

周瑜

出身望族，能文能武，長大後與江東小霸主孫策結爲兄弟，協助他打天下。周瑜是集「三高」於一身的美男子，智商高、財力高、身材高，約一八〇公分，又精通音律，博得「美周郎」稱號。

諸葛瑾

諸葛亮、諸葛均的大哥，在魯肅牽線下效命孫權。故事裡，他在周瑜的命令下，遊說孔明留在江東效命；幾年後，孫權派他向劉備、關羽索回荊州，可惜都沒有達成共識。諸葛瑾終生效忠孫權，兒子也在東吳當官。

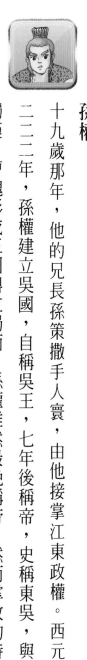

蔡瑁

劉表的大舅子，劉表一死，蔡瑁爲了保命和享高官厚祿，投降曹操，任水軍都督。後因周瑜的「反間計」被曹操斬首。

蔣幹

淮水一帶的名士，擁有舌粲蓮花的口才。《三國演義》裡他搖身成爲愛搶功的「遜咖說客」，被周瑜耍得團團轉，還連累了蔡瑁、張允被斬首。

張允

劉表的外甥，與蔡瑁聯手助劉表的次子劉琮爲繼承人。張允投降曹操後，任水軍都督。他與蔡瑁加強士兵們的水軍訓練，帶給周瑜相當大的壓力。後來，周瑜使出「反間計」，害他被曹操斬首。

毛玠

爲人耿直清廉，爲曹操選拔名聲好又有本事的賢才。小說中，他與于禁同被任命爲水軍都督，後來卻遭枉死。

目錄

三國笑史

1 封鎖劉表的死訊

荊州牧劉表病重，長子劉琦急忙從江夏返家探病，懷有私心的蔡夫人怕劉表在病榻前傳位給他，下令蔡瑁和張允阻止劉琦進門。
張允
請父親原諒兒子的無能與不孝啊！
不得其門而入的劉琦悲痛大哭，無奈地返回江夏。
劉琦剛走不久，劉表就痛苦地號哭而死。
劉表死後，蔡夫人密謀立假遺囑，讓親生兒子劉琮繼位為荊州之主。
老頭死了的消息，絕對不能讓劉琦和劉備知道，免得那兩個礙眼的傢伙來搶荊州之主的大位。
安啦！
我早已經把全城的狗仔隊都捉進牢裡了，保證全面封鎖消息。

粉墨登場　黑心腸的蔡氏

荊州大老劉表的二老婆，兒子叫劉琮。蔡氏為人陰險狠毒，與弟弟蔡瑁狼狽為奸，偽造遺書，讓劉琮成為繼承人。蔡氏除了想除掉長子劉琦，也三番兩次想害死前來投靠的劉備，無奈都沒有得手。曹操率軍攻進襄陽城，劉琮投降，後來蔡氏與兒子被曹將于禁殺死。

語文學堂

- 牧：古代官職名，掌管一州的軍政。
- 病榻：病人的床鋪。榻：音ㄊㄚˋ，狹長而較矮的床。
- 號哭：連喊帶叫地大哭。號：音ㄏㄠˊ，大聲哭。

三國故事開麥拉

孔明以火攻奇計大敗夏侯惇（ㄉㄨㄣ）率領的軍隊，曹操快氣瘋了，派出十五萬精銳大軍，分成五隊，南下修理劉表、劉備。

曹軍氣勢如烈火般燃燒，北海太守孔融卻澆了個大冷水，說：「劉表、劉備都是漢室宗親，不能攻伐。」曹操翻白眼，下令道：「再胡說，就拖下去斬首。」

孔融來到軍營外，仰天嘆氣說：「以不仁道伐有仁道的人，怎麼能不敗？」不料這句話惹來殺機，他與二個兒子都被曹操下令殺死。

正當曹操伐兵南下時，劉表也因病危快死了，他希望劉備掌管荊州，卻被挽拒。劉表死後，蔡夫人與弟弟蔡瑁寫下假遺囑，改由劉琮當繼承人，將劉表祕葬在襄陽城東，劉備、長子劉琦都被蒙在鼓裡。

小曹，不仁的人必死無遺，我先來送終。
嗚～～～
喂，醫院嗎？你們的病人跑出來鬧場，快派救護車來。

孔融披麻帶孝，率領孝女白瓊等殯葬花車前來。

穿越時空

熱血青年全裸罵曹操

孔融曾向曹操推荐熱血青年禰衡，誰知他脫序演出「擊鼓罵曹」戲碼。原來禰衡因未受重用，怨嘆世間爲什麼沒有人才？曹操反駁地表示手下人才濟濟。

「毒舌派」禰衡尖酸地批評：「那個荀彧適合去弔喪死人；郭嘉只配朗誦些不入流的詩文；呆將許褚去放牛看管馬兒勉強能勝任……」禰衡像失心瘋般罵了十四個人，沒被點名的也統統屬衣架、飯囊、酒袋之流，諷刺曹操把垃圾當寶貝。

曹操也不是省油的燈，故意指派禰衡在元旦的宴會上當鼓吏，用來羞辱他。想不到禰衡擊了鼓後，脫下外衣，全裸站著，大罵曹操。曹操咬牙忍了下來。

事後，他把禰衡「塞」到劉表那裡；沒多久，劉表吃不消，將他送給部屬黃祖。黃祖很討厭禰衡碎碎念，也懶得爲他找新主人，乾脆殺了禰衡。

瘋狂鼓吏全裸演出 元旦宴會魏王挨罵

三國笑史

2 被人賣掉的媽寶劉琮

劉琮剛繼位就傳來曹操帶領大軍南征荊州的緊急軍情。
劉琮
娘，曹操來了，怎麼辦？
弟弟，你快拿個主意對付啊！
光憑襄陽城的兵力，根本無法對抗曹軍，
除非，把主公的死訊告訴劉備和劉琦，通知他們帶兵前來助陣。
不行！
這麼做，曹操還沒來攻占荊州，就先被劉備和劉琦給搶了！
可以先跟曹操談條件，只要他答應讓小主公保留荊州牧之位，我們就獻城投降。
王粲
這主意好！兒子，我們就這麼辦！
好吧，我聽媽媽的話。
為劉琮那種媽寶賣命不值當，把他賣了，我們還能在曹操那裡拿個好價錢。
私下，謀士們暗自議論。
蒯越
傅巽

粉墨登場　一生被操控的劉琮

荊州刺史劉表的次子，與哥哥劉琦（ㄑㄧˊ）是同父異母的兄弟，從小聰明伶俐，相當受父親疼愛。《三國演義》中，劉琮被塑造成「媽寶」，劉表死後，他在母親蔡氏和舅舅蔡瑁強勢主導下，成了繼承人，投降曹操後，不但沒有保命，反而與母親慘遭殺死。其實根據歷史記載，劉琮在曹操任命下，赴青州當刺史，還成爲曹營的諫議大夫，是負責進諫皇帝過失的官員。

語文學堂

- 助陣：加入戰鬥，壯大聲勢。
- 不值當：不值得。表示沒有太大的價值或意義。當：音ㄉㄤˋ，值得。

三國故事開麥拉

曹軍像餓狼般撲殺荊州，劉琮打不過，只好派部屬去獻投降書，途中被關羽抓住，劉備才知道劉表死了，他難過地大哭。孔明建議以弔喪名義前往，趁機奪下荊州。劉備反對，說：「我若幹出這種事，將來在九泉之下，哪有臉見劉表？」

孔明心生一計，決定再來次「火攻」！他安排百姓渡河，逃到樊城避難；接下來，孔明命趙雲部署火攻、關公等設下水淹計策，誘騙曹軍上當。

果然，曹仁、許褚等一步步地踏入陷阱，他們衝進城，卻發現空無一人。因大夥又餓又累，便闖進空屋休息、升火煮飯。半夜，突然發生大火，曹軍驚慌地奔向沒有著火的東門，一路上死傷無數。屋漏偏逢連夜雨，曹軍才逃離火海，渡河時又遭水攻，眾人像鼠輩般夾尾竄逃、

孔明悠閒地搖著羽扇，喝著茶，想像曹軍慘狀。

水攻，也很厲害唷！

水攻，這項巧妙運用自然界的河川，不用花大筆經費的兵法，出自春秋時期孫武的鉅作《孫子兵法》。火攻法中提到作戰時，不妨以水攻輔助火攻，對斷絕敵軍的行進道路、潰擊敵軍的兵力相當有效。像孔明先以火攻燒曹軍，接下來又以大水淹士兵，氣得曹操牙癢癢！

孫武是著名的軍事家，世人尊稱為「兵聖」，提出的兵法相當具權威性。孫武認為雖然水攻也很猛，可惜無法銷毀敵人的軍糧，也不能摧折敵人的武器。

到了戰國時期，兵法一哥吳起也推崇水攻，認為當敵軍駐紮在地勢低的地方時，如果又連續下豪大雨，積水排洩不出去，這時候採用水攻，就能見其威力。

作戰講究兵法，水攻，試試看，破壞性也很厲害唷！

老天爺，我計畫水淹曹軍，祈求連續下豪大雨吧！
害人間鬧水災，不好啦！

三國笑史

3 不講信用的曹操

襄陽城
劉琮領著文武官員，捧著印綬兵符，向曹操投降。
我保奏你當青州刺史，明天你就離開荊州，
先到許都向皇上謝恩。
丞相答應讓我鎮守荊州，我才投降，如今為何變卦？
你留在荊州不是件好事，還是換個位置去青州當官。
我不想離開家，
我不去青州。
不去青州就去陰曹地府吧！
曹操命令于禁殺了劉琮和蔡夫人以絕後患。
就這樣，曹操不費一兵一卒，就輕易地把荊州騙到手。

粉墨登場　悲情的于禁

在曹營中以嚴格帶兵出名，誰敢違法亂紀，管你有多紅，都難逃于禁的懲罰。當年紅牌武將夏侯惇縱容士兵擾民，他照樣嗆聲，率兵鎮壓。曹操很欣賞于禁的氣魄，重賞他。後來關羽攻打樊城，他前往救援卻遭俘虜，過了幾年，曹操死了，于禁被送回魏國。魏文帝曹丕並沒有善待出生入死的老將，反而冷血地派他去看管曹操墳墓，晚景淒涼。

如果當年有老人福利，我也不會那麼慘！
魏王曹操之墓

語文學堂

- 印綬：印章和繫印章的絲帶之合稱。
- 兵符：古代作調兵遣將用的符節，也泛指兵權。
- 保奏：向天子擔保推薦舉有賢才的人。

三國故事開麥拉

曹操接連敗在孔明的妙計下，只好放軟腰身，派謀士徐庶去找劉備等博感情，勸他們投降。然而，計畫卻難以照著劇本走，徐庶沒有達成任務。

「可惡，不識好歹！」曹操被刮了臉，忍不下怨氣，下令攻打大耳仔。想不到劉備民調高，百姓寧死也要跟隨劉皇叔逃難。

本來孔明的算盤是先逃到襄陽城，找劉琮協助。想不到這媽寶個性軟弱，不敢伸出援手。劉備眼見求救不成，還連累襄陽城的百姓陷入爭戰，便轉往江陵。

劉備一走，蔡瑁、張允賣國求榮，趕著去見曹操，把數十萬兵馬都獻給對方，換來侯位。媽寶劉琮因不滿僅被封爲青州刺史，不肯赴任。白臉曹逼迫蔡氏母子就範，二人無奈只好渡江北上，途中被曹營大將于禁追殺而死。

曹哥，只要給阿琮做大官，妾願意委身下嫁。
嚇死人，快把這瘋狂大媽拉下去！

穿越時空

媽寶劉琮的絕路

劉琮，一個凡事有媽媽、舅舅作主的孩子，以現代用語來形容，叫「媽寶」。

《三國演義》裡劉琮的生母是蔡氏，舅舅是「親曹派」的蔡瑁。根據《後漢書》記載，蔡氏確實是劉表再娶的繼室，卻不是劉琮的親娘。劉琮在父親作主下，娶了蔡氏的侄女爲妻，因爲這層姻親關係，蔡氏和蔡瑁將他視爲「自己人」，聯手排擠長子劉琦，篡改劉表遺囑，讓這年僅十四歲的「中學生」接班。

還來不及享受青春年少時光的劉琮，在被動下成了荊州刺史，掌管數十萬兵馬。他想效仿高富帥的父親守住沃土雄兵，過著富貴生活，偏偏圍繞他的部屬一味地討好曹操，像蒼蠅般繞著他「嗡嗡嗡」叫，勸他投降。劉琮以爲踏上投降路就能永享富貴，卻不知遇上貪婪陰險的白臉曹，投降後反而踏上絕路。

封媽寶劉琮任青州刺史，即刻上任。
曹阿伯，你騙人！
娘爲你出氣！

三國笑史

4 劉備的逃亡隊伍

曹操已經奪下了襄陽城和新野城，
我們要先趕到軍事重鎮江陵城據守，
並與江夏的劉琦公子合兵，才能對抗曹操。
劉備急忙棄了樊城，領兵前往江陵。
兵貴神速，劉備部隊本該急行軍趕路，誰知一路上跟隨逃亡的百姓愈聚愈多，竟多達十餘萬人，劉備為了護衛百姓安全，行軍的速度因此被拖慢。
主公，你的粉絲太多了，一起帶著逃走速度太慢，
曹軍沒多久就會追上來，快棄了百姓，下令急行軍趕到江陵吧！
不行！沒了粉絲以後誰給我按讚？
得民心者，才能得天下。我絕不能拋棄百姓，自己逃走。
唉～說得好，我給你拍拍手。

粉墨登場　當不上繼承人的劉琦

荊州刺史劉表的大兒子，因爲長相酷似父親，很受疼愛，加上他是長子，理所當然地被視爲繼承人。然而好事多磨，沒有母親保護的他，像「灰姑娘」男子版，繼母蔡氏一心想除掉他。劉琦爲了躲避殺身之禍，聽從孔明建議，到江夏任太守，再找機會翻盤。劉表死後，在繼母蔡氏的阻撓下，他連父親臨終前都見不到一面。

當不上繼承人
又如何？我轉
戰到江夏，另
有一片天空。

語文學堂

- 重鎮：軍事上具有重要戰略地位的城鎮。
- 樊城：位今湖北省，居漢水中游，地理位置重要。
- 兵貴神速：用兵以行動特別迅速爲可貴。

三國故事開麥拉

劉琮母子一死，曹操的「滅殺名單」挑上了神算大師孔明。「我就不相信他老婆『阿醜』和小孩也這麼神！」他將魔爪伸向孔明的家人，誰知早已人去樓空。

想要爭天下當然不能洩氣！曹操打算先攻下江陵，堵死劉備求生之路。他選出五千鐵騎兵，下令在一天一夜內追上劉備。

達達的馬蹄聲聽起來好急促，還瀰漫著駭人的肅殺氣味。樊城、襄陽城共十餘萬的百姓隨著劉備披星戴月地趕路，途中突然颳起大風，沙塵遍野。大將簡雍一臉驚慌，說：「主公，曹兵馬上追來了，要棄下百姓才能逃命！」

重情義愛掉淚的劉備不忍心拋棄百姓，下令駐紮在當陽縣的景山。這時候正值初冬，夜間冷冽的風如刀針般刺入骨中，夾雜著百姓的哭聲，十分淒涼。

曹軍追趕，孔明心生一計，他和劉備在臺上反串美女，表演熱情的歌舞秀，臺下還有巴比Q蒙古烤肉。
哇咧！是正妹耶！
等他們喝掛了，再逃！

粉絲破十萬的「逃亡哥」

大耳仔劉備眞的很會「逃」！從打黃巾賊開始，他就擅長逃生術，打不贏就逃，從逃中求生，從求生中拚翻盤，堪稱手法一流的「逃亡哥」。

像劉備這種「皇叔」、「主公」級的「大咖」，當然不會孤單地逃亡，更不會像楚霸王項羽那般，悲情地騎著愛駒烏騅（ㄓㄨㄟ）自刎於烏江。就算逃，也要逃得高調！逃得漂亮！但是，怎麼「逃」才能創下高收視率？

很簡單！劉備利用十餘萬的百姓當配角，表面上是重仁義講情誼，不捨拋棄無辜百姓，其實他可能是因爲關羽率領的水軍無法快速趕到江陵，爲了保護關羽，他以自己爲餌，演一齣「粉絲相隨逃天下」戲碼，既賺人熱淚，又博得美名，實在高明！

十餘萬粉絲愛相隨
搶著與劉皇叔合影

三國笑史

5 曹軍來了，逃啊！

曹操領著虎狼之師一日一夜奔襲三百里，終於追上劉備的隊伍。
曹

一時間，曹軍如虎入羊群般殘殺跟隨劉軍逃亡的百姓，不論老弱婦孺，全不放過。頓時，哀鴻遍野，百姓死傷無數。

劉備軍且戰且走，一程一程地朝向漢津奔逃。
大家堅持住，孔明軍師已經先去求救兵，只要能逃到漢津，渡口就有戰船接應我們，上了船就安全了。

曹操登高望遠，恨得牙癢癢。
大難當頭，居然還能吸引這麼多粉絲追隨，
大耳仔這人雖沒多大本事，不過人緣卻好得讓人忌妒！
曹
曹

粉墨登場　白臉曹與大耳仔

兩人曾經爲了利益，聯手對付呂布；也曾一起喝青梅酒，討論誰才是天下眞英雄。曹操不是白目的梟雄，幾番征戰，他知道那個賣草鞋出身，打著漢室旗幟的大耳仔劉備，才是自個兒的頭號敵人。等也是漢室宗親的劉表一死，曹操再也無法容忍劉備了，他親自率軍追殺，兩人PK戲碼打得如火如荼，各自出招。

美編，幫個忙，將大耳仔的臉孔打馬賽克？

語文學堂

- 虎狼之師：比喻凶狠、殺人不眨眼的軍隊。師：軍隊編制單位，古代以二千五百人爲一師，後泛指軍隊。
- 哀鴻遍野：比喻到處都是呻吟呼號、流離失所的災民。
- 漢津：位於漢水西岸的渡口。津：渡口。

三國故事開麥拉

半夜四更（凌晨一點至三點），曹操揮軍追殺來，劉備急忙率領二千精兵迎戰。正當快撐不下時，張飛領兵救走他。

劉備等人一路上走得灰頭土臉，到了天空露出魚肚白，才驚見部屬僅剩百餘人，妻小和趙子龍、簡雍、糜竺、糜芳，以及百姓都不見蹤影。

淚腺發達的劉備忍不住哭了起來，「都怪我不好！嗚……」氣氛正低迷時，糜芳臉上插著箭，流著鮮血，踉蹌地趕來，說：「趙子龍往西北方逃走，投奔曹操了。」劉備不相信，張飛好火大，表示要去找那小子，再一槍刺死他。

「不要亂猜測！趙子龍一定有重要的事才暫時離開。」劉備說得斬釘截鐵，然而張飛將這番話當成耳邊風，怒氣沖沖地帶領二十名騎兵來到長阪橋。

是誰提供媒體這張照片，看起來好驢！
劉皇叔淪落成難民
老婆兒子生死不明
三國戰報
我馬上LINE給記者，叫報社撤換照片。

穿越時空

罕見姓氏「糜」

「糜」，音ㄇㄧˊ，屬罕見姓氏，擠不上百家姓排名。「糜」，當名詞用有「粥」的意思；當動詞用有「浪費」義，不太正面。

這個姓氏是怎麼來的呢？有人說源自夏朝，當時的老祖宗以大自然的穀物當姓氏。糜，就是黍子（去皮後叫黃米），種糜的農夫便以「糜」爲姓，我們若穿越到夏朝，交到姓「糜」的朋友，對方可能是務農的。

還有一種說法，認爲姓「糜」的人，他們的祖先是楚國大夫，因封地在糜亭，子孫就以「糜」當作姓氏。頓時，姓「糜」的人地位扶搖直上，成了貴族。

到了三國時期，劉備的二老婆叫糜貞，兄長糜竺、糜芳是劉備得力的手下，躋身名人排行榜。若姓「糜」的與姓「費」的人結婚，成了「糜費」聯姻，這家人恐怕存不了錢。

我家世代務農，是殷實的種田人。
我出身顯赫，是慷慨的富公子。
我們一家族都是名人唷！

三國笑史

6 趙子龍勇救阿斗

曹軍追殺劉軍，戰亂中，糜夫人抱著阿斗坐在枯井旁哭泣。
夫人不必害怕，子龍來救你了。
我受傷走不動了，子龍，你快保護阿斗逃走去找主公。
糜夫人說完，翻身投入枯井之中。
夫人不願連累我竟投井而死，
我不能讓她的屍首被曹軍找到。
趙雲奮力把枯井邊的土牆推倒，掩埋了枯井。
我只是想躲在井裡避難，你推倒牆，真把我壓死了！
你搞什麼鬼啊！

粉墨登場　長阪坡救主的趙子龍

趙雲，也就是趙子龍，早年投奔袁紹、公孫瓚，因慨嘆跟隨的主人眼光低淺，後來效命劉備。他曾冒著危險，七進七出長阪坡，救出甘夫人和少主阿斗，博得美名。趙子龍英俊高大，嚴以律己，不與同僚爭利，也不貪財不貪色，一生驍勇善戰，稱得上是完美型大將。

作者不僅文筆好，眼光
也一流，完全看透我的
優點，讚啦！

語文學堂

- 主公：臣下稱君主，也叫主上。
- 翻身：回身、轉身的意思。
- 連累：因故波及別人，以致別人也受害。

三國故事開麥拉

曹軍逼近，趙子龍奮勇迎戰，從深夜廝殺到天明，才發現主公劉備等人都沒了蹤影。

趙子龍大驚，沿路尋人，前往長阪坡的途中，見到一名士兵，說甘夫人跟著人群往南逃走。他急急趕上去，找到甘夫人，但是糜夫人、阿斗不知下落。正愁著，一支曹軍衝殺過來，糜竺被綁在馬上，滿臉狼狽。趙子龍策馬持槍，殺死敵軍，奪下兩匹馬，護送甘夫人和糜竺來到長阪橋。

張飛見到趙子龍，破口大罵，趙子龍解釋後，又衝入敵軍找人。這次，他在枯井旁瞧見糜夫人抱著阿斗，急忙要他們坐上馬逃走。糜夫人考量腿受傷，無法行走，趙子龍突圍又不能沒有馬，爲了不連累他人，便跳井自殺了。

主母，別怕，我來救你們了。
「主母」聽起來好像大媽，叫我小貞，否則我不走。
拜託作者別寫這種對白，我很為難耶！

穿越時空

劉備愛「丟」老婆！

三國歷史上有袁紹、袁術以愛吐血博版面；也有呂布以愛換乾爹招來臭名；至於劉備則以「愛丟老婆」勇奪無情漢稱號。劉備娶了好幾個老婆，其中甘夫人、糜夫人被劉備「丟」了三次，以現今法律可告劉備遺棄罪。

第一次，劉備將二個老婆交給張飛照顧，結果他喝得大醉，被呂布奪走城池。還好那時候呂布熱戀貂蟬，看不上其他人妻，將二位大嫂還給劉備。

第二次，劉備與曹操打了起來，他打輸自個兒先溜走，二個老婆和關羽都淪爲人質。劉備向來視「老婆如衣服」，破了補一補就好，用不著掛念。

第三次最虐心，除了甘夫人、糜夫人失散外，獨生子阿斗也遭殃，以致趙子龍賣力演出「七進七出長阪坡」，救出甘夫人和阿斗，糜夫人則跳井自殺。

嗚~我死了，你竟然沒有厚葬，害我在陰間好寒酸！
老婆，我為了打仗錢都花光了，你去找曹操，他很有錢耶！
喂，大耳仔，別把我拖下水！

三國笑史

7 張飛大鬧長阪橋

趙雲保護阿斗衝出曹軍部署的重圍，縱馬奔逃到長阪橋，正好遇到張飛。
張三哥，曹軍追上來了！
你先走，我來阻擋追兵。
曹操領兵來到長阪橋，見張飛騎馬立在橋上，威風凜凜，背後樹林塵土飛揚似有千軍萬馬埋伏。
誰敢與我張飛一決死戰？快放馬過來！
底氣這麼足，孤身一人還敢嗆聲，
樹林後一定有伏兵，我才不上當。
我讓手下騎馬在樹林後狂奔揚起土塵，讓曹操以為有伏兵，他果然中計退兵。
張飛命隨從拆橋，掉頭去和劉備會合。
劉備聽完張飛說曹操中計退兵之事……
傻三弟，你拆了橋就表示心虛，曹操知道被騙了，一定會回頭追來，
大家快逃吧！

粉墨登場　這個莽張飛

張飛，也叫張翼德，早年是豬肉攤的老闆，因與劉備、關羽在自家開滿桃花的院子結爲兄弟，從此展開征旅生涯。他個性魯莽，愛喝酒，捅了不少禍事，包括醉打督郵，害得劉備丟官；鞭打呂布的老丈人曹豹，以致被呂布搶走城池。然而，這些負面形象都是《三國演義》的情節，史實上張飛屬家世好、寫得一手好字的文青。

語文學堂

- 部署：安排人力、任務。
- 縱馬：猛力跳上馬背，騎著奔跑。

別瞧我滿臉落腮鬍，好像是大老粗，其實我是文藝青年呢！
書法達人

趙子龍懷裡揣著阿斗，殺出重重包圍。曹操在景山上見趙子龍勇猛無敵，相當欣賞，說：「眞是虎將，要活捉，不准放暗箭。」

這道命令間接救了趙子龍，他揮刀砍倒敵軍旗幟，殺死五十多名大將，奮力衝出血路。無奈追兵不斷，趙子龍來到長阪橋時，已經人困馬疲，忍不住高喊：「翼德，救我！」張飛騎馬衝出來，「快過橋，我來擋敵兵。」

趙子龍奔騎過橋，連趕二十多里路，見到劉備和眾人在樹下休息。他下馬跪拜，哭著說出糜夫人投井自殺，自己力保少主殺出重圍的經過。

此時張飛也回來報捷，表示曹操以爲有埋伏，不敢追來，他已經拆了橋，斷敵軍的路。劉備認定拆橋反而露了餡，急下令大夥立刻啟程，抄小路逃走。

少主這招比「六指琴魔」的魔音穿腦還強！
哇！
哇，C音級哭功，受不了~~~
讚

穿越時空

劉備摔阿斗——收買人心

「劉備摔阿斗——收買人心」，是一句消遣劉備的歇後語，諷刺劉備爲了收買人心，很愛演！當年趙子龍不顧性命七進七出長阪坡，救出少主阿斗時，劉備竟然氣得將阿斗「摔」在地上，大罵：「爲了這小子，幾乎損失我一員大將！」

這一幕足以勇奪收視率冠軍的戲，讓趙子龍淚崩，哭著跪拜說：「趙雲雖然肝腦塗地，也報不了主公的大恩。」

「摔」阿斗，這招的火力太強了！僅「摔」就擄獲美男將軍趙子龍的心，比起當年曹操爲了討好關羽，送珠寶送美女送赤兔馬，「摔」的效果滿分！

想想看，劉備耳大、手長過膝，哪裡是用「摔」的，頂多是用力放在地上，做戲給趙子龍看罷了。大耳仔劉備，眞的很會演，也很會收買人心呢！

剛才有人檢舉，這家的親爹虐摔幼子，是誰？
我還沒結婚，沒有小孩。
嘿嘿嘿，只要打113，婦幼保護專線，就有人替我報仇了！

三國笑史

8 劉備最後的本錢

劉備領兵逃到漢津，曹操追兵緊跟在後，情況危急之際，前去江夏借兵的關羽適時帶領一萬兵馬前來救援。
我在此等候多時了。
過五關斬六將的雲長來了，
趕快退兵吧！
曹軍像潮水般向後退去。
終於安全了。
此時，劉琦帶領江夏之兵組成的船隊來到漢津接應，
孔明也從夏口領兵乘著數艘戰船前來合兵。
多虧當初孔明建議劉琦公子遠去江夏鎮守，
我軍才能保有最後一筆本錢來與曹賊對抗，
孔明真是神算！
別光是口頭嘉獎，記得要發獎金給我，比較實惠。

粉墨登場　神算一哥孔明

孔明自從離開臥龍岡後，便協助主公劉備打天下。他先在「博望坡之役」贏了首戰秀，打開知名度，連向來對他沒好感的張飛、關羽也佩服得五體投地。接下來，又以超能力的預測，完美地會合兵力，擊退曹操。從孤兒到神算一哥，孔明以神乎奇技的作戰撇步，成了千年來眾人的偶像。

既然我這麼火紅，乾脆出本寫真集，你們說好不好？

語文學堂

- 接應：配合、支援自己一方的人行動。應：音一ㄥ，互相聯繫、照應。
- 合兵：將各軍隊聯合在一起作戰。

三國故事開麥拉

曹操獲知張飛拆了橋，判斷自己被唬弄，便下令士兵們趕工，搭了三座吊橋，連夜過河。「大耳仔，你逃不過我的手掌心！」曹操恨得咬牙切齒。

曹軍以風火球般的速度直追，劉備見前有大江，後有追兵，趕緊派趙子龍迎戰。情況愈來愈危急！突然，關羽率領一萬人馬從山坡處衝殺出來，曹操暗叫不妙，說：「壞了！又中孔明的詭計。」即刻下令退兵。

關羽連追了十多里，才收兵護衛劉備上船。說來眞巧，此時劉琦也從江夏率兵趕來支援。一會兒，江面上駛來船隊，定眼細看船頭上坐著孔明呢！

原來孔明猜測劉備會從漢津過來，他安排關羽、劉琦率領兵馬迎接，自己又從江口帶兵會合，這招「合兵破曹」狠踹了曹操一腳！

三國戰報

神算一哥狠出奇招　曹操中計狼狽奔逃

穿越時空

劉備與曹操的恩怨記

二人的「恩怨記」牽扯不清，像是一齣酸酸苦苦的回憶電影……

劉備，一個在市集賣草鞋的窮小子，好不容易在三十多歲那年大翻身，當上徐州太守，卻被投靠他的呂布趕走，灰頭土臉地來到許縣，拜託曹操收留。後來，曹操爲他出口氣，打敗呂布，奪回甘夫人、糜夫人。

曹操的好心是經過精算，他刻意提拔這個漢室宗親，推荐他當高官，與他平起平坐，好博得禮賢下士的美名。可是後來劉備參與滅曹行動，惹毛曹操，抓走他的妻小和結拜二弟關羽；又搶走紅牌謀士徐庶；攻進荊州，逼得劉備與十萬多名百姓狼狽逃亡。

二人從互相取暖到成爲仇敵，其中的恩怨爲了三個字——爭天下！

劉備、曹操在攝影棚拍恩怨記宣傳照。

再搞怪，把你們拍成大醜男，上不了版面！

三國笑史

9 機會先生魯肅

劉備命關羽領五千兵駐守在夏口，他與孔明和劉琦回到江夏共商抗曹之策。
我們一定要聯合江東孫權才能跟曹操對抗。
可惜沒機會跟孫權談合作啊！
東吳使者魯肅先生求見。
機會先生不請自來了。
你們跟曹操打過硬仗，可否到江東開課，教我們對抗曹操的實戰經驗，
兩家也好談談合作計畫。
魯肅
沒問題，我隨你過江去見孫權將軍
你就是搭這玩意過江來的？
是啊！環保又健身，
划著划著就到了，快上船吧

粉墨登場　江東的狠角色魯肅

東漢末年的戰略家，受周瑜引荐而效命孫權，後又招攬天字號人才諸葛瑾，一起對抗曹操。在魯肅的操盤下，赤壁之戰以少勝多，鞏固了江東政權。周瑜死後，由他掌管軍事，深受倚賴。《三國演義》裡魯肅老被帥氣聰明的孔明戲耍，像個丑角，其實，他是集IQ、EQ、AQ於一身的狠角色，與孔明相比絲毫不遜色。

語文學堂

- 駐守：駐紮防守。
- 夏口：古鎮名。因位在夏水（漢水下游的古稱）注入長江處，所以叫夏口。
- 江夏：江夏郡，中國古郡名，東漢末年周瑜、黃祖、劉琦等先後曾任江夏太守。

三國故事開麥拉

兵力雄厚的曹操以爲自己是武林至尊，擁有屠龍寶刀，無人敢與爭鋒。不料踢到鐵板，便打算以武力威脅東吳孫權，逼他投降並與自己對抗劉備。

孫權找來魯肅討論如何抗曹。魯肅說：「我到江夏藉著給劉表弔喪的名義，說服劉備和劉表的將領們齊力破曹。」

「這主意好！」孫權命人準備厚禮，讓魯肅帶去江夏弔喪。

冥冥之中老天似有安排，劉備也與孔明、劉琦商量如何抗曹，孔明料準孫權會派人來江夏探聽軍情，他想藉機前往江東，憑著三寸不爛之舌，讓曹操、孫權打起來，劉備就可以坐收漁翁之利。

三人正商議時，魯肅就來了。孔明依計前往江東，要演一齣保證坐穩收視率冠軍的戲。

想帶人走，沒那麼容易！猜一猜，那三位誰是孔明？
你竟抄襲〈唐伯虎點秋香〉的劇情，太老梗了！

穿越時空

《榻上策》，好神！

《榻上策》是什麼？顧名思義爲盤坐在榻（古代一種狹長而較矮的床，人們常坐在上面飲酒）上商議的策略。《榻上策》的靈魂人物是魯肅，他於建安五年（西元二〇〇年）與孫權在榻上喝酒時，提出的治國對策。

魯肅認爲局勢混亂，漢室傾危，再也無法振興，曹操是當前勁敵，孫權唯有鞏固江東政權，才能爭霸天下。這番話非酒後閒聊，接下來，魯肅提出作戰策略，表示先從較弱的黃祖下手，再攻打劉表，奪下荊州，掌控長江一帶，等實力穩定後就可以建號稱帝。《榻上策》，太神了，直搗孫權心窩。

七年後，劉備三顧茅廬，孔明獻上《隆中對》，建議劉備先取荊州，再取西川，才能與北方曹操、南方孫權爭天下。英雄所見雷同，有異曲同工之妙。

江東魯肅遠赴臥龍岡討公道
抗議《榻上策》遭孔明剽竊
抗議剽竊
外面那個大叔是誰？好吵！

三國笑史

10 抗曹名師來了

曹操大軍逼近，江東的文武百官，分成主戰與主降兩派爭吵不休。
孫權也舉棋不定，便詢問魯肅的意見。
主公，江東任何人都可以投降曹操，只有你不能投降。
為什麼？
我們投降曹操只是換個老闆，換家公司上班，說不定還撈個升職加薪的好處。
你投降了，還能當老闆嗎？最後的下場只能任人宰割。
你說得有理。
可是現在群臣無法同心抗曹，該怎麼辦才好？
我從江夏請來劉備的軍師諸葛孔明來上課傳授抗曹心得，分析戰降利弊，這是他的講座入場券。
抗曹名師
諸葛孔明
入場券
好，立刻傳令所有官員都要去聽演講。
這下子我主辦的講座門票肯定會賣翻，我要發財了！

粉墨登場　江東霸主孫權

十九歲那年，他的兄長孫策撒手人寰，由他接掌江東政權。在得力助手張昭、周瑜輔助下，將江東治理得井然有序。接下來，又延攬了魯肅、諸葛瑾等高手，足以對抗兵力雄厚的曹操。西元二二二年，孫權建立吳國，自稱吳王，七年後稱帝，史稱東吳，與蜀漢、曹魏形成三國鼎立局面。孫權雖然最晚稱帝，然而掌政的時間最久，長達五十二年。

三國爭霸，我年紀最小，劉伯、曹叔快退休吧！

語文學堂

- 舉棋不定：下棋時拿著棋子難以決斷下在何處。比喻做事猶豫不決。
- 撈：指用不正當的手段取得財物、官位等。

三國故事開麥拉

魯肅返回江東後，先安排孔明到驛站歇息，自個兒則去見孫權。這時候，孫權正召集文武百官商議政事，一見魯肅回來，說：「曹操昨天派使者送來檄（ㄒㄧˊ）文，大家正商議如何應付。」孫權拿出檄文。「主公的看法呢？」魯肅問。

「有人主戰有人主降，我還拿不定主意。」立在一旁的張昭聽了，忙說曹操兵力雄厚惹不起，不如投降保命，其他謀士也齊聲附和。

孫權表情嚴肅，一句話也不說地起身去廁所。魯肅見狀急忙趕上去。孫權見四下無人，悄聲問：「你有什麼看法？」

魯肅主張抗曹到底，他已經請來軍事專家孔明協助。孫權決定隔天先讓孔明會見江東豪傑，再商議下一步策略。

將軍進去快一小時了，到底決定要降曹或抗曹？
等一下，我快打贏了！

穿越時空

魯肅慷慨助人的故事

「魯肅指囷（ㄐㄩㄣ，古代一種圓形的穀倉）」這句成語是說魯肅慷慨解囊，借周瑜米糧，而傳爲美談。

魯肅是有錢人家的少爺，從小勤奮讀書外還練就一身好武藝，鄉里的人都知道魯家少爺身懷抱負，將來一定有了不起的作爲。

那時候周瑜在袁術手下做事，久仰魯肅大名，很想找機會認識他。有一天，他帶領數百名士兵外出，繞到魯肅家拜訪。兩人彼此客套寒暄後，周瑜突然提出請求：「小弟的軍隊缺乏米糧，魯兄可以資助些嗎？」

魯肅一聽，馬上答應了，慷慨地拿出一囷米，共三千石（ㄉㄢˋ，容量單位，十斗爲一石）重。周瑜好感動，從此兩人成了知己。

瑜弟，我將自家的有機米研發出各種火紅商品，是最佳的伴手禮唷！
哇，商機無限，我打算轉換跑道了！
有機米餅
有機米漢堡
有機米壽司捲
有機米幸福禮盒

三國笑史

11 孔明超人氣講座

曹操來了！是戰是降說分明
孔明講座
講座會場裡人聲鼎沸，熱鬧滾滾，座無虛席。
各位，
曹操的陸戰兵馬與水軍共計百萬，
戰將數千人，現今已占領荊襄四郡，他的下個目標是準備渡江，奪取江東之地。
江東百官聽孔明介紹曹操的戰力，表情各異。
請問，我們該與曹操決戰還是投降？
曹操太可怕了，
我認為江東應該投降。
劉備為什麼不投降曹操？
他不怕曹操大軍嗎？
劉皇叔是當今的蓋世英雄，他怎麼能投降國賊曹操。
孔明你說錯話，壞大事了！你可知道那人是我的主公。
難道只有劉備能當，我就當不得英雄？
我正因知道是孫將軍，所以才激他的豪雄之氣，治他的「恐曹症」。

粉墨登場　終極殺手曹操

曹操殺死劉琮母子，占領荊州後，兵力愈來愈雄厚。他一路追殺劉備，以致劉備的老婆糜夫人在逃難中投井自殺。曹操的野心像氾濫的洪流，擋也擋不住，他把魔手觸伸到江東，逼孫權投降。曹操嗜血成性，尤其面對敵手時更顯狠勁，堪稱東漢末年的終極殺手。

長得帥擺什麼pose都迷人，要不要我的簽名照？

語文學堂

- 人聲鼎沸：形容眾多的人發出喧鬧嘈雜的聲音。
- 座無虛席：座位沒有空著的。形容觀眾、聽眾或出席的人很多。
- 激：激發、刺激使奮發。

三國故事開麥拉

第二天，孔明隨同魯肅來到營帳，謀士張昭料定他想當說客，便聯手其他人搖脣鼓舌，炮火猛擊，譏他和劉備是窩囊廢。

這種類「三姑六婆」等級的譏諷，孔明才不怕！他據理力爭，誇劉備屢次以少勝多，是眞英雄；因視民如子，所以冒著危險帶領十多萬百姓逃難；因具仁義美德，所以不肯趁機奪取荊州……。至今雖兵力薄弱，卻寧死不降。

孔明話鋒一轉，譏笑說：「反觀東吳兵精糧足，又占據長江天險，你們卻因貪生怕死，只想降曹保命，才是窩囊廢！」

這場譏罵僅僅暖場，接下來孔明去見孫權，故意用狠話激他，暗笑他比不上劉皇叔，打不贏的話，乾脆降曹。孫權氣到變臉，站起來自顧自地甩袖走了。

穿越時空

進擊的說客孔明

東漢末年最具進擊力的說客，非孔明莫屬。他初訪江東，想說服孫權合力抗曹，面對一群找碴的謀士，孔明力戰群雄，把主人的手下罵得狗血淋頭。

第二次更絕，他的大哥諸葛瑾受周瑜之託，想挖孔明來江東效命。不料，諸葛瑾在孔明以兄弟都是漢臣，應該效命漢室宗親劉皇叔的說詞下，招架不住，力道崩盤！

第三次則是孔明二度出兵祈山時，曹營大臣王朗拍胸脯保證，自個兒僅用一席話，就能讓孔明乖乖地投降。這番膨風的話被孔明連嗆回去，狠罵他「反助逆賊，同謀篡位」，王朗不敵，氣到一頭撞死馬下。

孔明對著江河狂罵，水裡的魚、蝦、蟹隨著江水狂捲而起，落下而死。

神算一哥孔明不僅料事如神，口才也如烈火，燒得對方遍體鱗傷。

三國笑史

12 孫權請益周瑜假想篇

孔明侮辱我江東無人，要不是因為群臣不同心，我豈會懼怕曹操。
你怎麼忘了你哥哥臨終前的遺言？
外事不決可以問周瑜啊！
周瑜，曹操大軍逼近，群臣意見分歧，我要你負責搞定局面。
好的，這事交給我辦。
沒想到你答應得這麼爽快！
主公，
你下次能不能等我上完廁所再說事？

粉墨登場　美周郎周瑜

出身望族，能文能武，長大後與江東小霸主孫策結爲兄弟，協助他打天下。周瑜是集「三高」於一身的美男子，智商高、財力高、身材高，約一八〇公分，又精通音律，博得「美周郎」稱號。《三國演義》裡他被塑造成氣度狹小的人，其實並非如此。赤壁之戰，他採火攻燒船，大敗四十萬曹軍，至今仍被世人津津樂道。

我條件這麼優，竟然排在孔明後才登上封面主角，作者太犯規了！

語文學堂

- 豈：副詞，表示反問或疑問。
- 外事：指外交事務。
- 說事：談論事情。

三國故事開麥拉

魯肅見孫權憤而離席，暗叫不妙，責怪孔明嘴快搞砸了事。「孫將軍氣量這麼狹窄，不能容人？我自有破曹妙計，可惜他不問啊！」「你早說嘛！」魯肅大喜，趕忙向孫權稟報。

本來孫權氣得半死，聽說有破曹撇步，一張臭臉立刻變得笑嘻嘻，跟著魯肅來到堂前，向孔明賠禮。接下來，準備酒宴，款待遠來的高人。

美酒下肚，賓客盡歡，孫權卸下心房，赤裸裸地表示想與劉皇叔攜手抗曹，卻又擔心劉皇叔剛敗，實力不夠！孔明掌握氣氛，指出曹軍多是北方人，不熟稔水戰，荊州人民與曹操不同心，如果孫將軍與劉皇叔聯手抗曹，曹操必敗。

小權，你夠豪氣，拿出美酒招待，不像老曹很摳門，只捨得請喝青梅酒，劉皇叔都喝膩了。
你嫌曹操小氣，聽說他花重金贖回初戀情人蔡文姬耶！
怎麼變成閒聊八卦……。

「先生果然高明！」孫權茅塞頓開，決定與劉備共破曹賊。

穿越時空

「抱薪救火」，有沒有搞錯？

孫權決定聽孔明建議，與劉備共抗曹操。謀士張昭氣急敗壞，表示一旦「聯劉抗曹」，無異於「抱薪救火」，江東將陷入危機。

「抱薪救火」，抱著木柴去救火？那眞是超級蠢！這句成語的歷史現場在戰國末年，強大的秦國虎視眈眈地想吞併魏國。當時的將軍段于子貪生怕死，建議魏王割讓南陽（位今河南省），換求國家安全。

魏王也很窩囊，想以國土交換和平。兵法家蘇代極力反對，認爲這種作法就像「抱薪救火」沒有幫助，秦國貪圖的是魏國國土，不是僅一塊地而已。

魏王的腦袋是鋁合金組成，判斷力超弱，他決定割地以求和。果然如蘇代預料，如豺狼的秦國拿了土地，卻不守信，等魏王死了，出兵滅殺了魏國。

魏王送的世紀大禮，請笑納。
敬愛的秦王才能打開
嘿嘿，是絕世美人對不對？
驚嚇破表吧！

魏王送世紀神祕大禮
秦王又驚又喜猜不著

三國笑史

13 送老婆激將法

魯肅帶孔明來見周瑜，共議孫、劉兩家合作抗曹大計，周瑜想戲弄孔明，假意說……
不必談了，
我已決定建議主公投降曹操。
公瑾果然是識時務之人，
投降曹操是很正確的決定。
先生過獎了！
我有個建議，聽聞曹操很好色，最想得到江東美女，
公瑾若能將「大喬、小喬」送給他，曹操肯定會欣然接受東吳投降。
難道你不知道小喬是我老婆嗎？
你自己怎麼不把老婆送給曹操。
我就算想送他，曹操也未必想要。
你老婆長成這樣子，的確很難拿得出手送人，別太難過了。
男人之間的真情對話，魯肅完全接不上話。

粉墨登場　亂世佳人大喬、小喬

二姊妹的身世成謎，卻是三國時期的絕色美女，姊姊大喬嫁江東霸主孫策，妹妹小喬嫁中郎將周瑜。大喬比較薄命，與孫策才晒恩愛三年，就當了寡婦。小喬與周瑜的婚姻共維持十二年，周瑜死於征伐途中。史書上對大喬、小喬的結局和命運並沒有交代，然而，可想而知是充滿了寂寞，陪伴的是無盡的孤寂。

喏，我們的身分證上配偶欄不是曹操，別再亂點鴛鴦譜了！
大喬
配偶欄
孫策
小喬
配偶欄
周瑜

語文學堂

- 識時務：能夠根據客觀形勢，採取適合實際需要的靈活辦法。
- 欣然：喜悅的樣子。

這天夜晚魯肅帶孔明來見周瑜，爲了降曹或抗曹爭得面紅耳赤。孔明在一旁冷笑，不加入辯局。

「先生笑什麼？」魯肅不解地問。

「我笑你不識時務，將軍想投降，你卻囉哩囉唆講個不停。」孔明淡定地搖著羽扇，繼續說：「曹操打垮群雄，僅有劉皇叔抵死不從，落難到江夏，周將軍一旦降曹，可以保妻子、保富貴，有什麼不好？」

孔明見二人臉色怪怪的，話鋒一轉分析曹操好美色，只要獻上傳聞中的美人大喬、小喬給他，曹操一開心，自然會下令退兵。

周瑜一聽曹操垂涎自己的老婆，男子漢的熱血燃燒了起來，誓死抗曹。

聽說過萌妹大喬、小喬嗎？我好想與她們聯誼。
騙我說來江東出差，其實想約正妹聯誼，好大膽！
不關我的事！

穿越時空

曹操爲《銅雀臺賦》背黑鍋

曹操大勝袁紹後，威風凜凜，命人陸續修建銅雀臺、金虎臺、冰井臺，中間各有飛橋相連，美侖美奐。曹操還安排臺內的每個房間都要有美女，隨時可陪自己歌唱玩樂。

建安十七年（西元二一二年），小兒子曹植奉父命寫了《銅雀臺賦》，其中二句「攬二喬于東南兮，樂朝夕之與共」，意思指連接三臺的兩座飛橋，可以來去自如，日夜與美女相伴。「二喬」，指兩座飛橋，孔明故意歪解成「大喬、小喬」。這招太強了，一來陷曹操搶人妻；二來挑起周瑜怒火，有人垂涎自己的老婆，這口氣哪忍得下去；孫權也很火大，大喬是大嫂，怎麼可以任人欺負！

孔明一句話害得曹操背黑鍋數千年，他地下有知鐵定恨得牙癢癢！

是誰亂造謠，害我背黑鍋？
我滿腹詩學，翻譯的文章沒有人懷疑。
想搶我的小喬，老曹，跟你拚了！

曹操蓋銅雀臺奪大小喬
引起國際人士一陣撻伐

三國笑史

14 孫權，別再砍了！

曹操這個大色鬼，意圖染指江東美女，我們若不戰而降，豈不讓他笑我們當男人的沒膽量？
所以，我主戰！
好！正合我意。
孫權拔出佩劍想砍掉奏案一角，藉此向殿上群臣宣示，抗曹心意已經決斷。
若還有人敢主張降曹，下場就如同此案桌，定斬不饒！
一劍砍下去，寶劍卻斷成兩截。
鏘
這破桌子跟我過不去嗎？
非毀了它不可！
你怎麼不告訴他，那案桌是銅鑄貼木紋皮，砍不斷的。
讓他瘋吧！因為曹操的事，他壓力太大了。

粉墨登場　江東鐵三角

孫權、周瑜、魯肅堪稱是「江東鐵三角」。當年孫策脫離袁術的掌控，正缺人才，周瑜起兵響應，孫策封他爲中郎將。孫策死後，周瑜仍效忠麾下，相當受孫權信賴。魯肅則是東漢末年一等一的戰略家，周瑜死後由他掌控前線軍事。他強力主張聯合劉備抵抗曹操，是促成孫權在三國鼎立中穩站一席之地的功臣。

當我們同在一起，曹操必死無疑！

語文學堂

- 染指：比喻分取不應得的利益。
- 奏案：批閱奏本的狹長桌子。案：狹長的桌子。

三國故事開麥拉

第二天，周瑜滿腔熱血地來見孫權，這次換成他力戰「降曹派」，狠狠地加以駁斥，並列舉曹賊犯了兵家四大禁忌，包括：曹操親率大軍南征，但馬騰等大將盤據北方，恐有後患；北方士兵不習慣水戰卻敢南征，穩死無疑；大地一片冰雪，沒有足夠的飼草餵戰馬；中原士兵來南方容易水土不服，染病而死。

「曹操號稱擁有百萬大軍卻不堪用，我願率領精兵壯馬進駐夏口，不破曹軍誓不回！」周瑜愈講愈激昂。

此時孫權也豪氣地站起身，拔出佩劍砍掉奏案的一角，厲聲地說：「誰敢主張降曹，下場就像這桌子！」並封周瑜爲大都督，將劍賜給他，有權斬死不聽令的文臣武將。

小瑜，這把寶劍送給你，要好好發揮。
曹賊，納命來！
這段劇情怎麼好像「項莊舞劍，意在沛公」？時空錯亂了！

穿越時空

三國萌妻誰最有人氣？

所謂英雄配美人，名人的老婆當然也非凡夫俗女，各有致命的吸引力，千年前若有臉書，左列三位三國人妻被粉絲按讚的人數一定很驚人！

萌妻	吸引力
 黃綬，神算一哥孔明的老婆，外號「阿醜」，阿爹黃承彥是名士，屬家教良好、賢淑、多才多藝的名媛千金。	傳言髮色像枯乾的稻草、膚色黝黑，長相醜陋，卻「醜」得很有格調。
 小喬，江東瀟灑哥周瑜的愛妻，夫唱婦隨，愛晒恩愛。	沒有文字可以形容的絕色佳人。
 甄宓，前夫是袁紹的二子袁熙，夫死改嫁曹丕，愈嫁愈有行情，後來搖身爲皇后。	傾城傾國的美女，是三國人妻中身分最尊貴的，老公、兒子都是帝王。

穿越時空

完美邂逅小故事	太醜沒人想娶，靠著阿爹熱情推銷，問孔明要不要結成親家。孤兒孔明也有意迎娶豪門千金來提高個人地位，才子、醜女一拍即合。	與姊姊大喬同時出嫁，大喬嫁江東霸主孫策，小喬嫁中郎嫁周瑜，郎才女貌傳爲美談。	因袁紹兵敗，曹丕闖入袁紹的家裡，一見甄宓驚爲天人，決定結爲連理。
網友按讚的傳聞	有超強的幫夫運，相傳八陣圖、孔明燈、木牛流馬、連發弩、三分天下謀略等等，都是在阿醜協助下想出的點子。	在孔明刻意曲解下，成了《銅雀臺賦》「二喬」的悲情女主角之一。	太美了，是人見人愛的完美女神，傳說甄宓死後，曹植寫了〈洛神賦〉紀念她。

孔明以妻為傲，周郎親自為美妻譜曲！曹家父子三人齊出，為甄宓擊鼓吶喊！

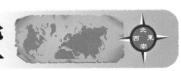

三國娛樂週刊

萌妻首次走臺步　阿醜以醜領風騷

Dear宓，我的世界只有你最懂。
小喬，你是我的甜心。
阿醜，I LOVE YOU！

三國笑史

15 諸葛瑾吃癟記

孔明長得帥又聰明，搶了我在三國笑史裡的風采，我要殺了他！
不可！曹賊未滅怎能先殺盟友呢？
孔明以後必定是江東大患，此人非殺不可。
好吧！
孔明的兄長諸葛瑾是我們的同事，請他勸孔明離開劉備歸順我們，
化敵為友，豈不妙哉！
兄弟如同人的雙臂，現在我們兄弟各事其主，分別兩地，無法朝夕相處，
這樣有負兄弟之情，太讓人傷心，也太不像話了。
諸葛瑾
大哥說得對極了！你不如跟我一起輔佐劉皇叔，這樣我們兄弟就能合力中興漢室。
我來說降的台詞怎麼被他搶了，那我還能說什麼？

粉墨登場　江東大將軍諸葛瑾

諸葛亮、諸葛均的大哥，在魯肅牽線下效命孫權，兄弟倆久未見面，一直到諸葛亮爲了商議抗曹事宜來江東，才久別重逢。故事裡，他在周瑜的命令下，遊說孔明留在江東效命，但沒有成功。幾年後，孫權派他向劉備、關羽索回荊州，可惜也沒有達成共識。諸葛瑾一生效忠孫權，深受信賴，連兒子也在東吳當官。

我身爲東吳人，死爲東吳鬼。

語文學堂

- 風采：美好的儀表舉止。
- 各事其主：各自侍奉自己的主人。事：侍奉。

三國故事開麥拉

江東抗曹情勢幾乎已經成定局，周瑜回到住處，請孔明來商議軍事，說：「孫將軍誓言抗曹，請先生協助獻良策。」

「孫將軍還有疑慮，我出點子也沒用！」周瑜便再度求見孫權。孔明判斷得很準確，孫權擔心抗曹是拿豆腐砸磚塊，自不量力。周瑜表示曹操吹噓有百萬大軍，其兵力不過四、五十萬兵馬，自己僅率五萬名精兵就能打趴曹軍。

這次，孫權終於決定誓死抗曹。周瑜退出，驚覺孔明太厲害了，便想殺害他以絕後患。魯肅反對，提議讓諸葛瑾去勸孔明留在江東效命。

不料，諸葛瑾沒有達成使命，還差點兒反被勸服，實在有夠糗！

孔明料事如神，現在不殺他，接下來恐怕沒有我的戲分了。
鬧出人命可不行！想開點，你老婆是大美人，比孔明的醜妻強多了。
批評我醜，太過分了！

穿越時空

悲情兄弟檔伯夷叔齊

兄弟如雙臂，本應共附一體，至死不分離。謀士諸葛瑾、諸葛亮卻因爲效忠不同的主人，有敵對關係，無法私下歡聚，成了悲情兄弟檔。

商朝也有一對悲情兄弟檔叫伯夷、叔齊，二人是孤竹國的太子，老三叔齊被立爲繼承人，卻不肯即位，堅持讓位給長子伯夷。然而伯夷認爲要遵守父親遺命，不肯答應，逃走了。結果，叔齊也跟著逃走。

二人仰慕西伯姬昌講仁義，打算老了去投靠他。後來西伯死了，兒子武王迫不及待地要攻打紂王。二人擋住武王的馬車，勸他不能當不孝不仁的君王。

等武王滅了殷商，伯夷、叔齊認爲身爲殷臣，不應吃周朝的糧食，於是逃到首陽山隱居，後來餓死。二人是求仁得仁的義士，卻活活餓死，堪稱悲情的兄弟檔。

三國笑史

16 周瑜借刀殺人計

孔明不肯投降東吳，周瑜加深要殺他的決心，於是，想了個「借刀殺人」計。
現在孫、劉兩家聯手合作，不能只靠江東出兵抗曹，你們也該出點力。
自當效力！
我軍探知曹軍的糧草囤在聚鐵山，煩請先生遣貴軍諸將前去劫糧，事關重大，請勿推辭。
孔明心裡有數，周瑜想借曹軍之刀殺他，卻不動聲色。
去聚鐵山劫糧太危險，你有把握嗎？
我是指揮陸戰和水戰的高手。
周瑜只會打水戰，這事我不去沒人能行，能者多勞嘛！
魯肅把孔明的話告訴周瑜。
竟敢笑我不會打陸戰，
不用他去了，我自己帶兵去劫糧。
孔明早就料到你會這麼說，他要我勸你也別去。
聚鐵山有曹軍重兵把守，你想借曹操的刀殺他，孔明卻不忍你因鬥氣而喪命、
周瑜聽了不感激孔明，反而更生氣。
孔明太精明，此人不可留！

粉墨登場　被小說抹黑的周瑜

出身望族，年輕時跟隨孫策打天下，深受重用，後來又輔佐孫權，是當時人氣很高的帥氣型大將。《三國演義》裡，周瑜被塑造成雖屬人生勝利組，但氣度狹小，妒嫉料事如神的孔明，想殺了他。然而，從陳壽《三國志．吳書．周瑜傳》記載，卻說周瑜心胸開闊，氣度恢宏。由此可知，周瑜非鼠肚雞腸的人，為了陪襯孔明完美的形象，只好被抹黑了。

「蒼天既已生公瑾，塵世何須出孔明」，這句話不是我說的，是羅貫中寫的啦！

語文學堂

- 囤：音ㄊㄨㄣˊ，儲存。
- 不動聲色：形容神態鎮靜的樣子。聲色：說話時的語氣和臉色。
- 料到：猜想到。料：預料、事先推測。

三國故事開麥拉

周瑜獲知孔明不肯留在江東效命，便興起殺他的念頭。有一天，周瑜請來孔明，交代他帶著人馬去聚鐵山截曹軍的糧草，事成後，再趁勢一舉攻破。

魯肅知道周瑜不懷好意，急忙來見孔明，問：「先生有沒有把握？」孔明表示自個兒擅長水戰、步戰、車戰、馬戰，不像周瑜只懂得水戰。

周瑜不甘心被譏笑，表示自願領兵一萬人馬，截殺曹軍。

孔明知道後，大笑：「現在他去，肯定被活捉。當前適合先水戰，挫破敵軍銳氣，再想妙方抓曹賊。」

周瑜聽說孔明的分析，深覺不殺此人，將來絕對成爲大患。

孔明兄，你明天去截糧，氣死曹操！
想害我，以爲我不知道？
孔明這招比「借刀殺人」還強！
孔明故意喝得大醉，周瑜氣得拖他回去。

穿越時空

殺殺殺！周瑜三殺孔明

《三國演義》裡周瑜共三次使壞，想殺了孔明，以除心頭大患。第一次要他去聚鐵山截曹軍的糧草，卻被孔明識破詭計，「借刀殺人」馬上「掉漆」。

第二次是命令孔明在十天內造好十萬支箭，不可能的任務吧！想不到孔明豪氣地說三天就可以達成使命，並主動表示沒有借到箭，甘願受罰。周瑜當他變傻了，叫他立下軍令狀，食言的話以軍令懲處。想不到真的借到十萬支箭，被借走箭的苦主是曹操。

第三次更狠，竟然要借東風。風，能借嗎？孔明淡定地在七星壇擺陣作法，真的颳起東南風，然後搭上事先安排好的小船，由趙子龍接應，溜回夏口

周瑜使出的三次暗殺行動，全部失敗！

天靈靈地靈靈，東風快來救孔明。
這魔術太神了，拜託教我，小喬一定愛看。

三國笑史

17 不懷好意的旅遊招待券

劉備移兵駐紮在樊口多日，想孔明過江東日久毫無回音，劉備擔心他的安危，於是派糜竺以勞軍名義前往江東打探虛實。
周瑜想殺劉備，藉這個機會對糜竺說……
孔明已說成孫劉結盟，你回去請劉皇叔親自來共商破曹良策。
好！
周瑜故意不讓糜竺見孔明，直接派人送他回樊口。糜竺回報劉備，說周瑜請他去商議大事。
孔明至今還沒有消息回報，周瑜直接請你去議事，其中必定有詐，大哥不可中計。
我聽說江東風景美麗，好吃的東西很多，現在周瑜招待我去玩，包吃包住，傻瓜才不去。
旅遊招待券
既然大哥執意要去，那我保護你同去。
我也要去！
不行！你留下來守城寨。
大哥好偏心！

粉墨登場　劉備的大舅子糜竺

本來是徐州太守陶謙的幕僚，因緣際會下將妹妹糜貞嫁給劉備，又與弟弟糜芳投效其陣營。西元二二〇年，他與孔明齊勸劉備登基。四年後，劉備平定益州，糜竺官拜安漢將軍，受到優厚的禮遇。不料，因弟弟糜芳叛變，導致關羽被殺，糜竺在羞愧下抑鬱生病，一年後便撒手人寰。

一想到自己的弟弟害關羽被殺，我就羞愧得睡不著，太丟臉了！

語文學堂

- 回音：答覆的話、信。也說回信、回話。
- 虛實：虛和實。泛指內部情況。
- 城寨：本指防守用的圍牆或柵欄，也泛指城池、城鎮。

三國故事開麥拉

劉備因遲遲沒有孔明的消息，便派麋竺準備羊、酒等厚禮，以犒賞軍隊爲名義，前往江東探虛實。周瑜熱情地招待麋竺，美食美酒下肚後，賓主盡歡，麋竺藉機提出要與孔明一起回去。

周瑜表示要與孔明商量破曹戰略，他暫時需留在江東。周瑜又不懷好意地向麋竺說：「請劉豫州也過來共同商議破曹大計。」

麋竺返回後，據實稟報，劉備欣然同意，卻不知周瑜準備送他上西天。

關羽覺得有詐，阻止這趟江東行。劉備以兩家同盟破曹，不應互相猜疑，堅持前往。

江東招待券
1.暢遊江東風光，一票到底，不分日夜。
2.盡享各種美食大餐，吃到飽，全部免費。
3.天天欣賞江東美姑娘熱情舞蹈、絲竹演奏。
4.精品伴手禮愛拿多少就拿多少。
周瑜
好康這麼多，賺翻了！

穿越時空

女刺客聶隱娘

聶隱娘，《唐朝傳奇》的人物，小說中，她是唐德宗貞元年間大將聶鋒的獨生女，有一天被突然來訪的尼姑，於半夜中偷偷帶走，從此下落不明。

聶隱娘被帶到石穴中生活，這段期間她接受嚴格訓練，學會攀緣、獵殺猿猴虎豹，練到百發百中、會輕功，能飛於空中，在光天化日下，輕易取下敵人的腦袋。五年後，尼姑在聶隱娘的後腦藏了一把匕首，讓她將來行刺時方便使用。

聶隱娘與靠磨鏡子爲生的夫婿投效節度使劉昌裔。有一天，聶隱娘料準會有刺客，她先潛入劉昌裔的腹中，半夜，再從劉昌裔口中跳出來，表示刺客已死了。

聶隱娘身手不凡，來無影去無蹤，雖是小說虛擬人物，女刺客的形象卻深烙人心。

演講專題：刺客
主講人：聶隱娘
日期：唐德宗貞元年間○○日
我要梳哪種髮型、畫哪種眉妝才上鏡頭？

三國笑史

18 危機四伏的江東之旅

劉備與關羽乘著小舟順江前往東吳大營。
江東，我來啦！
報告！劉備來了，只有一艘船，帶二十多名隨從。
今天劉備死定了，他一死，孔明成了無主之士，就不足為慮了，
一石二鳥之計，太好了！
孔明聽說劉備來與周瑜會面，不禁大驚失色。
危險！周瑜恐怕想對我主公不利，
魯兄，為了孫、劉兩家聯合抗曹的大計，你一定要保我主公平安。
孔明和魯肅急忙趕到營帳，聽見裡面傳來歡樂的歌聲，孔明竊看帳內情形。
只見劉備手舞足蹈地跳著舞，關羽威風凜凜地站在一旁護衛。
主公身陷險境卻毫無所覺，竟還自娛自樂。
幸好有關羽保護，主公的安全就無憂了。

粉墨登場　深懂人心的劉備

對部屬呵護有加，對百姓不離不棄，所以有十多萬百姓隨他流亡，創下史上不可思議的紀錄。當孔明赴江東，多日來沒有音信時，劉備急的不得了，不顧周瑜是否耍詐，就帶了些隨從乘江而去。孔明見主公冒險而來，哪有不感動的道理。劉備是擄獲人心的高手，難怪孔明、關羽等人拚死也要爲他爭天下。

想爭天下，要先爭賢才、爭人心，你們懂不懂？

語文學堂

- 隨從：跟從的人員，常指隨侍君王左右的護衛。從：音ㄗㄨㄥˋ，跟隨的人。
- 一石二鳥：比喻一舉兩得。也說一石雙鳥。
- 凜凜：令人敬畏的樣子。凜：音ㄌㄧㄣˇ，嚴肅、嚴厲。

三國故事開麥拉

這趟江東之行，萬里無雲，輕舟在江面前進，順利地來到江東。江邊的士兵即刻回營帳向周瑜報告：「劉豫州來了。」

「共來多少人？」「只有一艘船，二十餘人。」

周瑜大喜，暗想：「別怪我心狠，是你太笨了！」他親自迎接劉備一行人，設美酒美食款待。

孔明聽說劉備來江東，趕緊去偷看動靜。他見周瑜面帶騰騰殺氣，兩邊的帷幕裡埋伏著數十名刀斧手。「糟了，主公有危險！」孔明再仔細看，關羽按著劍立在劉備身後。「有關羽保護，我就放心了！」孔明不動聲色地來到船艙，靜待劉備等人回來。

歡迎劉備蒞臨江東
江東愛樂團
哇！好有文藝風唷！
主公，拜託別再扭了，會翻船啦！

絕命飯局鴻門宴

西元前二〇六年，劉備的先祖劉邦也參加過一場絕命飯局，主人是西楚霸王項羽，那場飯局就是「鴻門宴」。

當年項羽不滿劉邦先攻入咸陽，惱怒地率領四十萬大軍，奔往鴻門（位今陝西省），找劉邦算帳。劉邦帶著張良、樊噲（ㄎㄨㄞˋ）、隨從一百多人共赴鴻門，向他謝罪。項羽氣消了大半，設宴款待劉備。飯局上，范增多次示意，要項羽殺了劉邦，項羽卻當作沒看見。

范增只好先離開營帳，找項羽的堂弟項莊在席間舞劍，找機會刺殺劉邦。還好貴人出現，項羽的叔父項伯與張良是老朋友，他也舞起劍，藉機保護劉邦。關鍵時刻，猛將樊噲闖了進來，厲聲斥責項羽，劉邦才藉著尿遁逃過一劫。

鴻門宴上項莊一邊跳著肚皮舞，一邊舞劍。
小邦，我堂弟是舞林高手，他的演出門票都秒殺唷！
又比較愛看正妹表演耶！

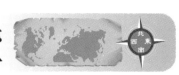

三國笑史

19 關羽面具好嚇人

周瑜原本在帷幕後安排了刀斧手，想趁著會面時，下令殺了劉備。
但是他總感覺關羽盯著他的一舉一動，所以遲遲不敢行動。
這詭異的氣氛使周瑜坐立難安，無論臉轉到哪裡，就看到關羽盯著他瞧，眼睛眨也不眨一下，眼神充滿殺氣，令人害怕。
我受不了了！
劉備，你幹麼讓隨從都戴著關羽面具，在我面前晃來晃去？
我高興！
魯肅出面斡旋，周瑜只好放劉備和關羽離開營帳。孔明在岸邊送劉備等人返回樊口。
主公您不用擔心我，抗曹成功之日，就可派子龍來接我回去。
別讓我等太久，我可想死你了！

粉墨登場　用眼神逼退敵手的關羽

關羽在江東的飯局上，盡忠職守地護衛主公劉備，他一言不發，持在青龍偃月刀，用犀利的眼神死盯著周瑜。光這眼神就把周瑜嚇得汗水直流，打消了暗殺劉備的念頭。關羽因內心充滿正義，以及拚命也要保護主公的責任，讓他光用眼神就足以逼退周瑜，並非他看起來凶神惡煞。

正義的眼神天下無敵，舉世無雙！不信嗎？再看我一眼。

語文學堂

- 詭異：怪異，令人驚奇詫異。
- 斡旋：周旋、調解。
- 樊口：位今湖北省鄂州市西部，東漢末年劉備率兵在此，打算聯合東吳孫權攻打北方的曹操。

三國故事開麥拉

飯局上，酒過三巡，周瑜暗想：「應該可以動手了！」他起身爲劉備倒酒，瞥見關羽死盯著自己，不禁汗流浹背，遲遲未下令刀斧手行動。

一會兒，魯肅進來，劉備請他帶孔明過來。周瑜支支吾吾地說：「現在時機不宜，等聯手破了曹操，再見面吧！」酒席中，關羽向劉備使了眼色，劉備明白要走了，便起身告辭。周瑜無奈地送他們離開軍營。

劉備上船見到孔明，相當高興。經孔明一說，才知道周瑜想暗殺自己，還好有關羽保護才倖免一劫。

劉備請孔明一起返回樊口，孔明卻要劉備準備好船隻人馬，於十一月二十日派趙雲駕小船來接他就行了。

小瑜，這是哪裡的酒？該不會像老曹一樣老是請人喝青梅酒。
你知道嗎？聽說他的老婆、媳婦都穿得很寒酸……
放心，是珍藏的美酒，我才不像曹操那麼摳！
怎麼聊起八卦，到底什麼時候動手啊？

穿越時空

五花八門的酒令

我們的老祖先愛喝酒，從唐朝起發展出趣味的酒令文化。隨著飲酒人的身分地位、受教育程度、偏好的遊戲而有不同，大致上有遊戲令、文字令、賭賽令。

遊戲令廣受人們喜愛，包括：猜謎語、說笑話、傳花、湯匙令……。「傳花」指喝酒時，由主持行酒令的令官蒙上布，將花依順序傳給旁人，等令官喊停時，拿著花來不及傳給他人者，將罰喝一杯酒，並當下一輪的令官。

至於「湯匙令」的玩法很簡單，將湯匙置於空盤上，由令官轉動匙柄，停下來時，看匙柄指著誰，誰就要罰酒。

酒令，是酒文化的一種，也增添了老祖先們喝酒的興致。

唐朝的新郎與賀客玩猜謎語酒令。
仙女飄飄，飛上雲霄，不怕風吹，只怕火燒。新郎，猜一物。
新郎屢次猜不出來，連連被罰酒。
是風箏啦！再猜不著，都天亮了。
新娘

三國笑史

20 周瑜失心瘋殺使者

周瑜計殺劉備不成，還在氣頭上，手下報告曹操遣使者送信來給他。
信封上寫著……
給
漢大丞相
周小都督
開拆
曹操好沒禮貌，竟敢小看我。
把送信來的使者斬了！
兩國相爭，不斬來使啊！
我斬殺使者是向曹操示威，表明宣戰的決心。
短命鬼周瑜，我只是來送信的，沒招你惹你，幹麼非要殺我來擺威風。

粉墨登場　抓狂嗆聲的周瑜

在《三國演義》裡是位抗壓性低的大將。有一次他想陷害孔明，卻被孔明暗諷他僅會打水戰，氣得跳腳，表示願領兵截殺曹軍，等於挖了火坑自己跳。曹操派使者送來密件，收件人寫「周小都督」，周瑜連這點兒「文字霸凌」也好在意，深覺被羞辱，怒斬前來的使者。若時空移轉到現今，周瑜一定會被媒體臭罵，轟他下臺。

都怪曹操欺人太甚，我才一時失心瘋嘛！

語文學堂

- 周小都督：指周瑜，官拜中郎將、大都督。都督：古代的軍事長官。
- 擺威風：即耍威風。擺：顯示。

三國故事開麥拉

江東死亡飯局無疾而終，魯肅問周瑜爲何改變主意？

「關羽是虎將，我假使害死劉備，他一定不饒我。」

周瑜也震懾關羽的氣概。

二人正談著，曹操派使者送來密件，周瑜因曹操用字侮蔑他，氣得撕碎信，下令斬前來的使者。魯肅急壞了，勸他不能斬來使。

周瑜哪管規矩，不僅殺了來使，還將人頭交給隨從帶回去。

隨即，周瑜派兵遣將，命甘寧爲先鋒，韓當爲左翼，蔣欽爲右翼，自己則率領諸將接應，計畫在江中與曹兵決戰，看曹操還敢不敢小看他。

有遺言快交代，不要講廢話。
老天，冤枉啊！我死了，一要熱血不沾塵土，全濺在白布上；二要天降大雪，掩蓋我純潔的屍身；三要楚州大旱三年，讓你們沒水喝。
連遺言都抄襲《感天動地竇娥冤》的臺詞，太沒創意了！

穿越時空

爲什麼「兩國交兵，不斬來使」？

兩國交戰時雙方都可能派出使者，到敵國談判。不殺前來的使者，一方面是禮貌，一方面是維持溝通的管道。

史上兩國爭戰，雙方使節在談判過程沒有任何火藥味，始終以禮節相待，而受世人讚美的是「彭城相會」。西元四五〇年，南朝劉宋與北魏打了起來，南朝劉宋的軍隊起初贏，後來戰敗，江夏王劉義恭率軍堅守彭城（位今江蘇省徐州市），北魏太武帝擬乘勝追擊，便派名士李孝伯進入彭城勸降。

劉義恭也派名士張暢與對方談判。當時局勢緊繃，二位使者卻能代表各自的君主贈送禮物，並在和平氣氛下表態，沒有流血事件，被世人傳爲美談。

都虧有彭城相會，我們變得很搶手。
和平！奮鬥！救兩國！
雙方人馬舉行接力賽跑
彭城相會氣氛和平
南朝劉宋 張暢
北魏 李孝伯

三國笑史

21

烏龍特派員蔣幹過江

可惡！周瑜這小子竟殺了送信使者，
擺明要跟我硬碰硬打仗。
蔣幹
我跟周瑜是舊識，願去勸他投降。
江東
報！蔣幹先生求見都督。
太巧了，我正愁有計無處使，
蔣幹正好可當我給曹操下毒計的藥引子。
我們今晚只喝酒，不許談論公事。
尤其是勸降，誰敢勸降，我就斬誰。
我還沒開口勸降，他倒先把我的嘴給堵住了。
酒席散後，周瑜裝醉，故意拉蔣幹到他的營帳，兩人同榻而眠。
半夜，周瑜假裝說夢話……
別告訴曹操，蔡瑁和張允是我的人。
啥？蔡瑁和張允是內鬼。
這可真是爆炸性的內幕消息，我要立大功了。

粉墨登場　擅長水軍的蔡瑁

劉表的大舅子，等劉表一死，曹操率軍攻打荊州，蔡瑁為了保命和享高官厚祿，投降曹操，任水軍都督。曹軍是北方兵，搭船會吐，蔡瑁為南方人，擅長在江上作戰，相當受曹操重用。然而，事事難料，蔡瑁的長項日後卻為他招來殺身之禍。

那個遜咖蔣幹，一定要找他索命！

語文學堂

- 藥引子：中藥藥劑中另外添加一些能增強藥劑效力的藥物。此比喻蔣幹為藥引子，讓周瑜想設計除掉蔡瑁、張允的毒計更加順利地進行。
- 內鬼：香港電影對臥底、奸細的稱呼。後指盜取內部資訊、財物給外界的人。

三國故事開麥拉

「這兔崽子太囂張了！」曹操獲知周瑜殺了使者，又率大軍前來，勃然大怒，派蔡瑁、張允率荊州降軍打前鋒，自己爲後軍指揮，全面迎戰。

結果這場江上之戰，因曹軍不擅長水戰而大敗，以多敗少，輸得很沒有面子。

曹操想翻盤，便聽蔡瑁的建議，交派他安排部署水寨，分成二十四座水門，操練水軍，發誓要打得東吳軍哇哇叫！

夜晚，周瑜乘船過江，偷偷觀察曹軍水寨。一看大吃一驚，得知水軍都督爲蔡瑁和張允，暗想要破曹兵，必須先除去這二人。

曹操得知吳軍偷窺水寨很憂心，此時有個人叫蔣幹，表示與周瑜爲老同學，願意過江去說降周瑜。

樂團演奏為蔣幹送行
壯士，此趟東吳之行，一定要使命必達！
風蕭蕭兮江上寒，壯士一去兮說降……。
搞得那麼高調，我的眼皮跳得好厲害！

穿越時空

周郎顧曲，女粉絲好瘋狂！

「周郎顧曲」中的周郎，指三國的東吳大將周瑜，也叫周公瑾。他身爲武將，卻非僅會賣胸肌的膚淺猛男，平日愛好音樂，精通曲調，堪稱是音樂才子。

周瑜有多精通音樂呢？據說在酒席上只要有樂工、樂伎演奏錯誤，即使才稍微走音，周大才子便會轉頭瞧，想找出那個走音的歌舞藝人。人們便做歌謠「曲有誤，周郎顧」傳唱，讚美周瑜的才華。

因爲周瑜太帥了，轉頭的眼神「電力」十足，那些年輕的女樂伎都對他愛慕不已，有些人要「小心機」，故意彈錯幾個音調，好爭取周瑜的注意。

我們將時空快轉到千年前，擁有一雙電眼、能文能武的周瑜，就這麼轉頭一瞧，「電」煞不知多少粉絲！以他那樣的人氣，在現今絕對是超級偶像！

美周郎大勝演唱會
女粉絲瘋狂喊安可
周瑜能打能唱能賺門票，有這款愛將像淘到寶，福氣啦！
有我「草船借箭」、「借東風」、「空城計」拉風嗎？

三國笑史

22

烏龍特派員蔣幹中計

蔣幹不敢驚動周瑜，偷偷起床。
我要把蔡瑁和張允勾結周瑜的事回報給丞相，可是沒證據，我怕他不相信。
周瑜又說夢話了……
你可別跟人說，蔡瑁寫給我的信，我放在書桌上。
配合得還真剛好！
蔣幹偷了信，躡手躡腳地走出營帳
信偷到了，可是怎麼逃回曹軍大營？
回曹軍大營，向前走五十公尺有船。
配合得還真剛好！

粉墨登場　遜咖蔣幹

爲淮水一帶的名士，擁有舌粲蓮花的口才。《三國演義》裡他搖身成了愛搶功的「遜咖說客」，被周瑜耍得團團轉，還連累了蔡瑁、張允被斬首。實際上，蔣幹雖曾於赤壁之戰後前往江東，卻沒有發生誤信周瑜夢中話，進而盜信搶功的事，這一切都是小說劇情。可憐的蔣幹被羅貫中這麼一寫，成了千年來最遜咖、最烏龍的特派員。

聽夢話、盜信僅博君一笑，別信以爲眞啦！

語文學堂

- 勾結：爲不正當的事而暗中互相串通。
- 躡手躡腳：形容走路時腳步很輕。躡：音ㄋㄧㄝˋ，放輕腳步。

烏龍特派員蔣幹帶了一名童僕隨行，來到江東南寨，求見周瑜。

「是你自個兒送上門，別怪我耍『陰』！」周瑜熱情地擺酒宴招待，並邀來江南傑出人士，給足蔣幹面子。喝酒前，周瑜慎重地把寶劍交給手下太史慈，說：「今天款待老友，誰敢在酒席上談論國事，壞了氣氛，就殺誰！」

喝到深夜，周瑜拉著蔣幹同床共寢。周瑜喝到爛醉，吐了一地。這時候，蔣幹悄悄起身，偷翻桌上的文書，無意間找到寫著：「張允蔡瑁謹封」的書信。他急忙抽信觀看，才知二人計畫要獻上曹操的人頭，送給周瑜當禮物。

蔣幹發現這個超級大祕密，隔天見周瑜宿醉，便帶著童僕，直奔軍營大門，找了個藉口溜了。怪的是，守門的軍士也不攔阻，蔣幹溜得好順！

這一集我當封面主角，要安排簽書會……。
呼嚕
討厭，鼾聲如雷又愛碎碎念講夢話，吵死人了！

穿越時空

古代綠林好漢與投名狀

蔣幹來到江東偷窺了僞信，誤以爲水軍都督蔡瑁、張允計畫獻上曹操的人頭當禮物，送給孫權。爲什麼要以人頭當禮物？理由二個字——忠誠。

當叛將主動投降時，敵方會懷疑是來臥底的，爲了輸誠，殺死己方領導級人物，砍下頭顱當伴手禮，最能博取敵方的信任。

「獻人頭」，這種血腥的規定源自《水滸傳》的「頭名狀」，也叫投名狀。投名，遞送名片的意思。古代的綠林好漢對名片沒興趣，想加入強盜行列，就要送上「忠誠度保證書」，獻人頭，就是最有力的保證書。

小說裡林沖被迫來到梁山泊當強盜。老大宋江交代他下山殺個外人，砍下人頭才有資格加入。這樣一來，彼此都掌握對方的犯罪把柄，誰也賴不掉。

梁山泊搖滾樂
宋老大，我帶來美味的滷豬頭皮當伴手禮，能不能加入樂團？
OK！我就愛這滋味，小兄弟很識貨。

三國笑史

23 曹操被騙有苦說不出

蔣幹把偷來的信交給曹操。
可惡的蔡瑁和張允，居然偷偷勾結周瑜，把兩人拉出去砍了！
左右軍士拉著兩人上法場。
冤枉啊！
曹操又仔細看了信，忽然恍然大悟。
不好！我中計了。
曹操還來不及阻止，蔡瑁和張允的人頭已呈送到他面前。
向來以奸詐多謀著稱的曹操受了騙，現在是啞巴吃黃連，有苦說不出，當著衆人面，曹操死不認錯，以保尊嚴。
哈哈哈，光用一封偽信，不費一兵一卒就能殺了曹營兩名水軍大將，太划算了！
赤壁大戰之前，周瑜計勝曹操。

粉墨登場　水軍都督張允

劉表的外甥，與蔡瑁同屬「推琮派」，聯手助劉表的次子劉琮爲繼承人。張允投降曹操後，任水軍都督。因曹軍不擅長水軍，他與蔡瑁加強士兵們的水軍訓練，帶給周瑜相當大的壓力。後來，周瑜使出「反間計」，挑起曹操多疑的心，成功地除去張允與蔡瑁。張允莫名奇妙地被殺頭，一直到臨死前，恐怕都不清楚自己怎麼會成了刀下鬼。

老天爺，是
誰陷害我？
我好冤枉！

語文學堂

- 啞巴吃黃連：歇後語，比喻吃了暗虧卻礙於其他原因無法說出來。
- 著稱：有名的意思。

三國故事開麥拉

蔣幹連夜溜走，向曹操稟報有內奸一事。曹操看了書信，怒氣沖沖地叫人傳來蔡瑁、張允。一見他們，劈頭就說：「我命令你們即刻發兵，攻打東吳。」

「可是水軍還沒操練完成，萬萬不能輕進。」蔡瑁不解曹操爲何急著出兵。

曹操聽了更火大，大罵：「恐怕等練熟後，我的腦袋就獻給周郎了！」隨即命武士把二人推出去斬首，等人頭獻上來，才恍然大悟中計了。

這下糗大了！曹操以二人怠慢軍法所以遭處斬，向眾將士們搪塞過去。接下來，他命毛玠、于禁取代二人的職位。

周瑜擔心「反間計」被孔明識破，派魯肅前去試探。誰知見了孔明，他卻笑著說正要給都督賀喜。當場魯肅驚嚇得答不出話。

小魯，改天我去見周都督，恭喜他的「反間計」一石二人，妙！
你……你說瞎米，我聽不……懂啦！
很過分耶！爲什麼不通知我，害我糗死了！

穿越時空

古代詐騙集團偷靴

清朝才子袁枚的《子不語／偷靴》裡記載詐騙份子聯手騙走路人靴子的事。話說有個男子穿著新鞋子在街上走，遇到陌生人對他打招呼，男子表示不認識對方。陌生人板起臉，酸溜溜地責備男子，穿上新鞋子，就忘了老朋友，太勢利眼了。說完，順手掀起他的帽子丟上屋頂走了。

這時，恰好有個人經過，他好意地要穿靴的男子踩在肩上，爬上屋頂拿回帽子。男子正準備踩上肩膀時，那個人又說應該要脫下鞋子，才不會弄髒了他的衣衫。男子連連道歉，脫下鞋子交給對方保管，僅穿襪子踩著肩膀上屋頂。

不料，那個人拿著靴子溜了，男子在屋頂上無法下來。行人以爲他們是好朋友，鬧著玩，也沒人理會。這個倒楣的男子被騙走新鞋子，欲哭無淚！

先生，你眞好心，等我拿了帽子，請你吃飯。
臭
你……幾天沒洗腳了，我快……不能呼吸……！
臭

男子脫下新鞋子，準備踩在好心人的肩膀。

三國笑史

24

十萬支箭從哪裡來？

周瑜一心想陷害孔明，今日又心生惡計。
請問諸葛先生，即日就要與曹軍交戰，水戰應該以什麼兵器為先？
大江水戰，以弓箭為主。

既然如此，現在我軍正缺箭用，煩請先生十日內監造十萬支箭，以供應軍需之用。

大戰在即，十日太久。
只要三天，我就可以交付十萬支箭。

軍中無戲言。
三日後，先生若不能如數交給我十萬支箭，我就要你的人頭。

你怎能答應三日後交十萬支箭，這不是自尋死路嗎？
魯兄，你要救救我！

粉墨登場　清廉的水軍都督毛玠

爲人耿直清廉，爲曹操選拔名聲好又有本事的賢才，因不講私情，所以曾被同僚批評處世嚴苛，向曹操告狀。曹操卻很欣賞毛玠，不理會流言流語。小說中，他與于禁同被任命爲水軍都督，後來又遭枉死。其實毛玠是因替同僚崔琰（ㄧㄢˇ）抱不平，得罪了曹操而下獄，後病死。毛玠死後，曹操不忍，賜他錢財和棺木，以及提拔他的兒子當官。

我不曉得哪裡得罪了羅貫中，把我寫成枉死的廢材水軍將領，我要藉著《三國笑史》申冤！

語文學堂

- 監造：監督製造。
- 戲言：開玩笑的或不當眞的話。

三國故事開麥拉

魯肅沒料到孔明眞的很「神」，掐指一算什麼都知道。「曹操中了『反間計』下不了臺，只好派毛玠、于禁爲都督，這下他完了！」孔明分析的頭頭是道。

魯肅又驚又糗，急得想離開。「等一下！」孔明叮囑：「千萬別向周都督說我看破『反間計』，不然他一定又會另想毒計害我。」魯肅答應，卻又一五一十地告訴周瑜。

周瑜大驚，更下定決心要置孔明於死地。第二天，周瑜拐彎抹角地問孔明水上作戰，哪種兵器最有利？孔明說是弓箭，周瑜想：「傻瓜，中計了！」便順水推舟地命令他在十日內交出十萬支箭。孔明卻主動地表示僅三天就可以。

「三天？」周瑜暗喜，當場讓軍政司立了文書，等著孔明的人頭落地。

周瑜老弟，眞羡慕你人帥懂音樂，又娶大美人，不像我……嗚嗚嗚……。
這個人跟隨愛哭的劉備太久了，也學會「哭功」，我才不會上當！
二人天天上演八點檔戲碼，我這配角演得好無奈！

穿越時空

孫悟空借芭蕉扇

《西遊記》裡孫悟空向鐵扇公主「借芭蕉扇」的劇情，與孔明「借箭」、「借東風」一樣精彩！孫悟空、豬八戒、沙和尚陪同師父唐三藏到西方取經，途經火焰山，那山口烈火騰空，氣溫高得足以煮熟蛋。

孫悟空想向鐵扇公主借「芭蕉扇」來搧熄烈火，但是他曾戲弄鐵扇公主的獨生子紅孩兒，當然借不到，還被鐵扇公主狠狠地搧出五萬餘里外的小須彌山。

孫悟空不甘心，變成小蟲，鑽到鐵扇公主的肚子裡又踹又踢，鐵扇公主疼得受不了，就拿了一把假扇子敷衍過去。孫悟空搧火不成，臨機一動，變成假牛魔王騙到眞扇子……。

雙方鬧得不可開交，天神只好先協助孫悟空打敗牛魔王。孫悟空借到芭蕉扇，搧熄烈火後，也遵守對天神的諾言，將扇子歸還鐵扇公主。

太過分了，這下我怎麼見人！

鐵扇公主出借法寶
孫悟空戲玩芭蕉扇

潑猴，你玩得太過火了！
我……不是故意的啦！

三國笑史

25 草船借箭，妙！

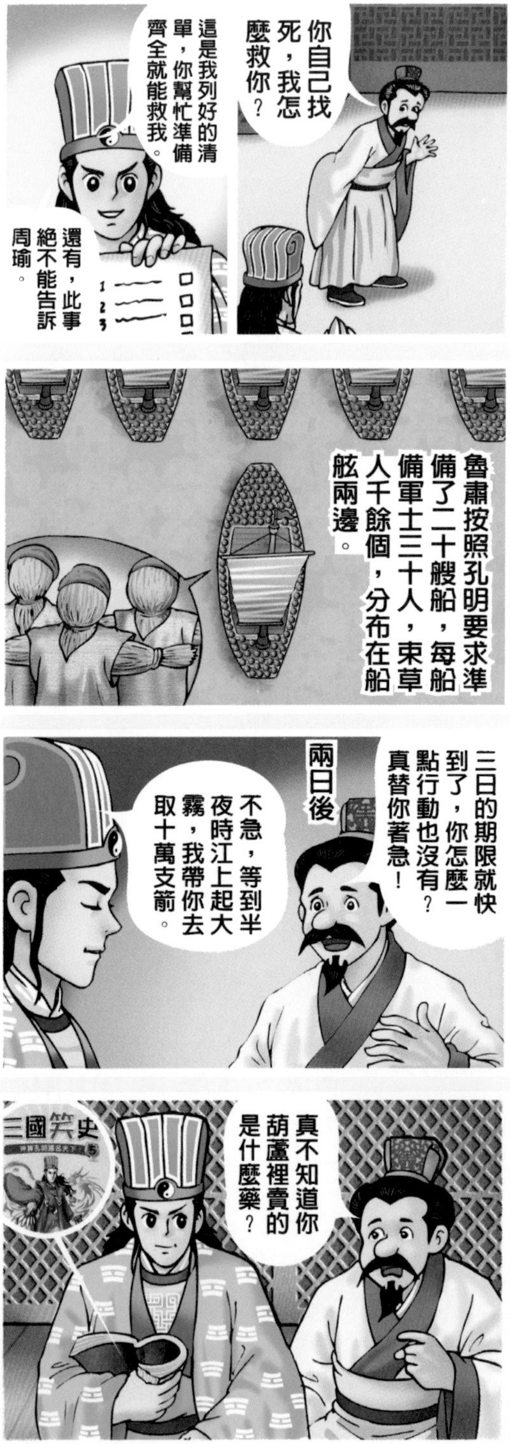
你自己找死，我怎麼救你？
這是我列好的清單，你幫忙準備齊全就能救我。
還有，此事絕不能告訴周瑜。
魯肅按照孔明要求準備了二十艘船，每船備軍士三十人，束草人千餘個，分布在船舷兩邊。
兩日後
三日的期限就快到了，你怎麼一點行動也沒有？真替你著急！
不急，等到半夜時江上起大霧，我帶你去取十萬支箭。
三國笑史
真不知道你葫蘆裡賣的是什麼藥？

粉墨登場　被借箭的苦主

曹操奸詐多心機，卻對關羽和孔明心存忌憚。他與孔明交戰，第一回合在「博望坡之役」慘遭火攻，狼狽撤軍；第二回合中計，錯斬了水軍二名大將蔡瑁、張允；第三回合更離奇，被孔明騙走十萬支箭，一毛錢也拿不到。「草船借箭」，孔明博得高人氣，苦主曹操卻哭笑不得，恨得牙癢癢！

平白借箭又不還，孔明，你欺人太甚！

語文學堂

- 船舷：船兩側的邊。
- 葫蘆裡賣的是什麼藥：比喻猜不透對方的想法。

三國故事開麥拉

孔明喝著美酒，吃著佳肴，知道周瑜正竊竊高興，他淡定地說：「今天已經來不及，從明天算起，第三天請周都督派五百名士兵到江邊搬箭。」

魯肅不相信三天能造好箭。「我會吩咐工匠慢慢做，誤了交貨日期。你去探聽一下，看孔明接下來怎麼做，速來回報。」周瑜笑得很詭異。

魯肅來到，孔明抱怨對方不守信，害他背負造箭的重任，現在得救他才行。魯肅覺得很無辜，說：「是你誇下海口說僅須三天，我怎麼救你？」

孔明開口要求借二十艘船，每艘船派軍士三十人，船上用青布做帳，各束草把千餘個，分布在船的兩側，保證三天就能借到十萬支箭。對了，千萬要保密！」

魯肅照著做。第三天深夜四更，孔明邀請魯肅到船上取箭，魯肅當他嚇傻了！

孔明世紀魔術秀

孔明表演借箭絕活，十萬支箭在空中飛來飛去。

耍我，氣死人了！
那些箭怎麼看起來好眼熟？

穿越時空

「草船借箭」歇後語

孔明「草船借箭」的戲碼太火紅，千年來令人津津樂道，有關這樁「借箭奇談」的歇後語充滿睿智。讓我們來看看，有哪些趣味歇後語？

草船借箭——滿載而歸	草船借箭——有誤（霧）
草船借箭——坐享其成	草船借箭——曹操多疑
草船借箭——有借無還	孔明借箭——多多益善
草船借箭——氣壞周瑜	孔明借箭——將計就計
草船借箭——巧用天時	魯肅上了孔明的船——糊裡糊塗

各位看倌，好戲上場，下一冊要借更精彩的！

1

劉表的次子劉琮堪稱古代的「媽寶」，一生被操控。在羅貫中筆下成了儒弱投降的領導者，最後又慘遭追殺。如果你化身爲劉琮，如何爲自己的人生翻盤？

1. 招攬人才，與群雄爭霸，即使跪著作戰，也不輕易服輸
2. 放棄繼承大位，迎接哥哥劉琦回來，兄弟檔攜手打天下
3. 與劉備、孫權結盟，合力抵抗曹操

（相關劇情見內文第1～3單元，上述答案僅供引導）

2

「趙子龍七進七出救阿斗和夫人」千年來受人們津津樂道，如果當時有臉書，趙子龍肯定是高人氣。你來動動腦，幫趙子龍設計臉書，繪製在紙上，與同學一起分享。

（相關劇情見第6～7單元，這道題目請自行發揮創意）

3

孫權、周瑜、魯肅堪稱是「江東鐵三角」，三人各有獨特的政治魅力。你最欣賞哪一位，原因是什麼？試著與大家分享。

1. 年輕政治家孫權，因爲他十九歲就能領導江東百姓和士兵，而且治理得井井有條
2. 帥哥周瑜，因爲他能文能武，集「三高」於一身，智商高、財力高、身材高
3. 魯肅，因爲他集IQ、EQ、AQ於一身，與孔明都屬厲害的狠角色

（相關劇情見《三國笑史6》，上述答案僅供引導）

4

孫權爲了降曹或抗曹傷透腦筋，假使你是孫權，會怎麼做？爲什麼？

1. 抗曹到底！因爲曹操野心強，即使投降了也沒有好下場，劉琮投降後反遭追殺，就可印證向惡勢力低頭絕對會被反噬
2. 不表明態度，站在中立立場，再使計讓劉備與曹操先打起來，好坐收漁翁之利
3. 表面上先降曹，再找機會翻盤

（相關劇情見內文第10～14單元，上述答案僅供引導）

5 在《三國演義》裡周瑜因爲嫉妒孔明的才情，三番兩次想陷害他。如果你是孔明，會怎麼做？

1. 見招拆招，不主動挑釁但也不示弱，同時讓周瑜知道害人反害己的道理
2. 請老婆阿醜與小喬結爲手帕交，化敵爲友，用不著爭得頭破血流
3. 開出頂尖條件，挖周瑜跳槽，爲劉備效命

（相關劇情見內文第15、16、24、25單元，上述答案僅供引導）

6 「蔣幹盜信」，鬧出笑話，還連累曹軍水軍都督蔡瑁、張允被殺，是超級烏龍特派員。假使千年前蔣幹沒有上當，反留了封信給周瑜，而由你來替蔣幹寫這封信，你會如何發揮？

（相關劇情見第21~23單元，這道題目請自行發揮創意）

7★

周瑜使出「反間計」誘騙曹操上當，清朝大文豪袁枚在《子不語/偷靴》中有詐騙集團的記載。假使時空穿越到現今，你是穿名牌運動鞋的人，陌生人主動要協助你拿回飛到樹上的帽子，你會接受嗎？爲什麼？

1. 不會，因爲爬樹太危險，爲了這點小事請義消幫忙又太浪費社會資源，一頂帽子而已，當做遺失算了
2. 我會爽快答應，因對方是熱心協助，何必以「小人之心度君子之腹」
3. 不會，因爲找一枝長棍子撥弄，帽子就會掉下來

（相關劇情見第23單元，上述答案僅供引導）

8★

有關「草船借箭」的歇後語很多，請你參考相關劇情，也動手自創歇後語。

1. 孔明草船借箭——聰明人做聰明事
2. 孔明借箭——苦了別人
3. 魯肅上船取箭——大吃一驚

（相關劇情見第24～25單元，上述答案僅供引導）

江東鐵三角

《三國笑史》陪你晨讀10分鐘

漫畫家林明鋒老師趣畫三國、趣寫三國、趣講三國！

爆笑漫畫＋經典文學＋勁爆文明＋KUSO插圖＋搞笑對白

陪你穿越千年參與桃園三結義、討伐奸臣董卓、看戰神呂布轅門射戟有多神、欣賞關羽過五關斬六將的神勇戰績，以及見識古代女子時尚風、男子變裝秀、看貂蟬PK西施誰大勝、票選古代花美男和戰神、一睹古人吃河豚竟然服糞清解毒、梟雄曹操也擔綱演出愛情偶像劇、古人吃火鍋偏愛哪種口味、皇帝怎麼過除夕等等，保證過癮！

學習主旨

從「笑史」看「三國」，學習詞彙，了解典故，厚實閱讀能力。

三國笑史 1　賣鞋郎劉備出運了
三國笑史 2　關東主袁紹大進擊
三國笑史 3　戰神呂布大暴走
三國笑史 4　英雄關羽熱血戰紀
三國笑史 5　神算孔明揚名天下
三國笑史 6　瀟灑哥周瑜風雲鬥
三國笑史 7　梟雄曹操大爭霸　即將出版
三國笑史 8　東吳強人孫權爭天下　即將出版

國家圖書館出版品預行編目（CIP）資料

三國笑史 6,瀟灑哥周瑜風雲鬥！ / 林明鋒編繪.
－－初版. －－臺北市：五南，2015.11
面；公分 －－（悅讀中文；77）
ISBN 978-957-11-8366-4（平裝）
1.三國演義　2.漫畫
857.4523　　　104020269

三國笑史❻ 瀟灑哥周瑜風雲鬥！

編　　繪　林明鋒（117.5）
總 經 理　楊士清
副總編輯　黃文瓊
封面設計　童安安
出 版 者　五南圖書出版股份有限公司
發 行 人　楊榮川
地　　址：台北市大安區 106 和平東路二段三三九號四樓
電　　話：（○二）二七○五－五○六六
傳　　真：（○二）二七○六－六一○○
劃撥帳號：○一○六八九五三
網　　址：http://www.wunan.com.tw
電子郵件：wunan@wunan.com.tw
法律顧問　林勝安律師事務所　林勝安律師
出版日期　一○四年十一月初版一刷
　　　　　一○七年 七 月初版二刷
定　　價　二八○元